부디 당신의 마음에는
봄이 깃들기를

서늘

오늘은 좀 어땠어요

오늘은 좀 어땠어요

서은 지음

지식인하우스

부족한 나라서
더 아픈 계절이었습니다

지난 계절은 참 아팠습니다. 마음도 마음이지만, 몸도 어지간히 아팠습니다. 병원을 내 집처럼 드나들다 보니 모든 것에 의미가 생겼습니다. 떨어진 낙엽을 보고도 그냥 지나칠 수 없는 날들이었습니다. 거리에서 나뒹구는 낙엽이 내 모습 같아, 쓰리고 아픈 시간들이었습니다.

그렇게 또 1년이 지났습니다. 시간은 그 순간을 흐릿하게 만드는 중입니다. 그 순간의 절실함과 감사함을 무디게 만드는 중입니다. 아마 잊게 할 모양입니다.

잊는다는 것이 다 좋은 것은 아니더군요. 그렇게 알게 됐죠. 아무리 아픈 상처도 시간 앞에서는 무뎌진다는 것을요. 압니다. 아픈 순간, 더디게 흐르는 시간의 무게를.

하지만 결국 시간은 흐릅니다. 그리고 삶이 던져 주는 아픔의 이름은 끝이 없죠. 지금 당장 그 아픔에서 벗어난다 해도, 언젠가는 또 다른 모습으로 아픔이 찾아올 겁니다.

이 책을 쓰면서 지난 아픔을 털어 냈다 말할 수는 없습니다. 아팠다는 말을 무기 삼아 제가 깨달은 것들을 강요할 생각도 없습니다.
다만, 우리가 조금은 단단해졌으면 좋겠다는 마음을 책에 담았습니다. 그렇게 단단해진 시간들이 우리의 시간을, 빛나게 하면 좋겠다는 마음만 간절합니다.

그러니 부디
지금은 조금이라도 단단해졌으면 합니다.
일생에 한 번은 무지개처럼 빛날 나와 당신에게.

오늘을 잘 살아 준,
무지개를 닮은 당신에게
서은

CONTENTS

지난 계절을 회상하면, 찰스 디킨스 '두 도시 이야기' 의 문장들이 함께 떠오른다.

"최고의 시간이었고, 최악의 시간이었다.
빛의 계절이었고, 어둠의 계절이었다.
희망의 봄이었고, 절망의 겨울이었다."

작가의 문장처럼 지난겨울은 늘 최고의 시간과 최악의 시간이 공존했다. 몸 어딘가에 움튼 나쁜 녀석은 사랑하는 이도, 친구도, 가족도 무겁고 갑갑한 존재처럼 느끼도록 만들었다. 눈앞에 마지막이 보이자, 그제야 행복할 수 있었다. 그제야 솔직할 수 있었다.

잊을 수 있다면 그뿐이었다. 그렇게 다시 행복하고 싶었다. 소박하면 소박한 대로 행복은 더 선명하게 느껴졌다. 마치 한 철을 피고 져도 붉게 빛나는 장미처럼.

지금 당신은,
어떤 도시에 살고 있나요?

Chapter 1

첫 문장은 행복이어야만 했다
: 그러하므로 잊고 싶었다
울고 싶지 않았으니까

붉은색의 말 _ 소박하지만 확실한 행복

행복한가요? 당신은
빨간색은 확실한 감정이면 좋겠다고 생각했다
비단 행복과 같은

당신의 오늘은 어떤가요?

_____

_____

_____

_____

길을 가다, 누군가에게 대뜸 "행복한가요?" 묻는다면 어떤 대답이 돌아올까. 조심스럽게 예측한다면, 자신 있게 스스로가 행복하다고 말하는 사람은 보기 힘들 것이다.

처음 빨간색을 생각했을 때, 확실한 게 좋겠다고 생각했다. 확실하다는 것은, '달라질 것이 없다' 라고 말하는 것 같았으니까.

예전의 나는, 사람을 좋은 사람과 나쁜 사람, 혹은 좋아하는 사람과 싫어하는 사람으로 나눴다.
영화를 보면 해피엔딩이 좋았고, 연애의 해피엔딩은 결혼이라 생각했다.

그 모든 것의 끝에는 반박 불가한 행복이라는 마침표가 달려 있는 듯했으니까. 하지만 해피엔딩이 '행복한 끝' 이라는 의미가 아닌 '행복 끝' 과 같은 의미로 느껴졌을 때, 행복은 산타클로스와 같은 존재라는 것을 알게 됐다.

그래도 행복은 하고 싶다
맹신할 수는 없어도

그럼에도 불구하고, 행복 앞에서는
산타클로스를 기다리는 아이처럼 된다.

착한 일을 하면
행복이 찾아올까

울지 않고 버티면
행복이 찾아올까

오늘 소원을 빌 수 있다면,
내가 조금 더 행복했으면 좋겠다.
당신이 더 많이 행복했으면 한다.
아무런 조건도 없이, 그냥, 마냥
행복했으면 한다.

당신의 단점은?
인생에도 경고등이 들어올 때가 있다
안 좋은 습관들은 인생을
더 푸석하게 만든다

버리고 싶은 단점이 있나요?

_____

_____

_____

_____

_____

나는 단점투성이지만, 그중에서도 가장 큰 문제는 별
것 아닌 문제를 걱정 더미로 만드는 재주가 있다는 것
이다. 그렇게 몇 날 며칠을 애간장 녹이며 했던 걱정들
은 대부분 걱정으로만 끝난다. 어느 순간 그것을 깨닫
게 됐지만, 문제를 크게 만들어 걱정하는 것은 이미 일
상이 되어 버린 후였다.

몇 달째 속이 안 좋다는 말과 함께 잦은 구토를 하는
엄마를 봤을 때도, 오랜 시간 지병으로 엄청난 약을 복
용하는 것 때문일 거라고 자가 진단을 해 버리고는 대
수롭지 않게 생각했다. 그렇게 또 몇 달이 지났다. 무
심했던 나는 갈수록 증세가 심해지는 엄마를 보면서
걱정을 시작했다. 가족에게 누가 될까, 혼자 끙끙 앓으
면서도 이런저런 핑계와 '혹시'라는 두려움을 앞세우
며 병원에 가지 못했던 엄마의 상태를 알게 됐을 때,
처음 느꼈던 기분은 생각보다 참담했다.
참담함은 두려움으로 몸집을 키우고, 두려움은 비련의
주인공이라도 되듯 절망스러웠다. 검사 당일, 엄마 앞
에서 최대한 태연하려 했지만 떨리는 목소리와 흐르는
눈물은 어쩔 수 없었다.

후회는 하더라도
겁쟁이는 되지 말자

후회는 언제나

늦게 도착해

오늘의 발목을 잡는다.

그렇게 찾아온 후회는

그래서 더 무겁고 더 아프다.

후회보다 더 무서운 것은,

걱정을 불러들인 마음을,

걱정을 부풀린 마음을,

믿어 버리는 거다.

그래서 우리는

언제나 단점을 경계해야 하는지도 모른다.

힘든 순간, 위로에 대하여
생각보다 아무렇지 않은 것들에 위로를 받는다
"힘내"라는 말같이 단순한 것들에

힘들 때 가장 듣고 싶은 말은? _____

_____

_____

_____

_____

사실, 위로란 거창한 것이 아니다. 안다. "힘내"라는 말은 의미 없이 날아와 현실의 문제를 그대로 내버려 둔 채 허공에서 맴돌 뿐이라는 걸. 하지만 분명한 건, 오늘 내가 서툴게 건넨 위로의 말들이 누군가의 인생을 바꿀 수도 있다는 것이다. 오늘 내가 무심하게 지나쳐 버린 누군가의 아픔이, 미래의 내 모습이 될 수도 있다.

엄마의 검사 결과는 다행히 나쁘지 않았다. 가족 모두가 안도하는 순간이었다. 생각해 보면, 그날 참 많은 것들에 위로를 받았다. 길에서 우연히 보게 된 자선냄비에 모금을 한 순간 따스하게 건네 온 봉사자의 하이파이브, 기도를 하는 순간 손 위에 잠시 머물다 간 무지갯빛 창가 문양, 걱정을 건네며 나눈 가족들의 따스한 말들, 온 힘을 다해 이야기를 들어 주었던 친구의 눈빛. 그날의 위로는 그게 고작이었다. 하지만 그 고작의 것들이 그날의 전부가 되었다.

위로 앞에서
머뭇거릴 이유는 없다

분명 위로의 말들이

현실의 문제를 해결해 주지는 못한다.

그럼에도 분명한 건,

그렇게 나눈 위로들은 분명

걱정의 균열을 만들고 따스함을 나누어 준다는 것이다.

세상에 나쁜 위로는 없다.

그러니 오늘,

서툰 마음이라도, 부족한 위로라도 괜찮으니

누군가에게 손을 내밀어 보는 건 어떨까.

"힘내"라는 작은 응원과 함께.

오늘, 사랑하고 있나요?
네모와 세모의 사랑처럼,
애초에 행복은 불가능했을지도

지금 어떤 사랑을 하고 있나요?

_____

_____

_____

_____

_____

요즘 들어 자주 듣게 되는 질문들. 사랑 그리고 이별. 사랑이란 어쩌면 환상일지도 모르겠다. 애초에 네모난 마음을 가진 사람과 세모난 마음을 지닌 이가 만나 다름의 감정을 나누는데, 그것을 사랑이라 믿어 버리는 것인지도 모른다. 스스로 믿고 싶은 마음의 갈증을 누군가 풀어 주기를 바라는 것. 사랑은 그런 것 같다.

"그 사람이 떠났어요."
담담할 수 없는 그 문장이 먹먹하게만 들렸던 늦여름의 어느 날. 그 애처로운 한 문장이 마음속 깊숙이 밀어 둔 기억을 소환했다. 사랑에 모든 것을 내주어도 아깝지 않았던 그 시절의 그 마음을. 사랑이라 믿고 싶었던 그 시절의 상처를 끄집어냈다.
그 시절의 사랑이 끝났음을 알게 된 것은 어긋난 사랑 때문에 죽는 게 낫겠구나 싶은 마음이 들었을 때였다. '나'라는 존재는 무시한 채 한 사람을 신처럼 떠받들던 그 시절, 사랑은 생각보다 잔인하게 끝났다.
그 사랑이 끝나고, 누군가를 다시 사랑하기까지 꽤 오랜 시간이 걸렸다.

그럼에도 불구하고
사랑 없이는 살 수 없다

언제나 그랬다.

더 많은 걸 원하면 항상 잃게 됐다.

사랑이든, 사람이든 더 절실하면 잃게 된다.

그럼에도 불구하고 사랑 없이는 살 수 없다.

아픈 사랑을 하고 있나요?
사랑은 잃어도,
사람을 얻는 것이 이별이더라

아픈 사랑 앞에서 친구가 되어 주었던 것들은?

_____

_____

_____

_____

사랑을 잃었을 때 얻은 것이 있다면 사람이었다. 그 시절 곁을 지켜 준 이들은 하나같이 말이 없었다. 그 흔한 위로도, 잔소리도, 꾸짖음도 없었다. 그냥 그렇게 옆에 있어 주었다. 죽고 싶다는 내 격한 투정에 단 한 명의 친구만이 이런 말을 했던 기억이 난다.

"다른 건 몰라도 죽지 마라. 사랑 때문에. 그건 사랑도 뭣도 아냐."

처음에는 야속함에 눈물이 났고, 그다음에는 회의감에 아팠다. 꽤 오래 걸렸다. 잔인하게 들렸던 그 한마디가 실은 최고의 위로였다는 사실을 깨닫기까지는.

어떤 이들은 "사랑을 잃는데, 어떻게 사람을 얻나요?"라고 반문했다. 생각해 보면 맞는 말이다. 하지만 사랑이 날카롭게 뚫고 지나간 가슴을 사람으로 채웠던 지난날을 떠올려 보면 이상할 것도 없는 말이다. 힘든 순간이 찾아오면 그때야 보이는 것들이 있다. 그때야 관계의 진정성이 보인다. 사랑의 민낯도, 사람의 맨얼굴도 알게 된다. 짓궂게도 인생은 최악의 순간이 되어야 알려 준다. 사랑의 의미와 사람의 무게를.

다섯 번째, 답변
●●●●●

죽지 마라
사랑 때문에

그 말은 틀렸다.

"사랑 때문에 죽고 싶다."라는 말은.

그 말은 맞았다.

"다른 건 몰라도 사랑 때문에 죽지 마라.

그건 사랑도 뭣도 아냐."라는 말은.

자신을 죽이면서 하는 것은 절대 사랑이 아니다.

사랑을 정의할 수는 없지만, 그것만은 확실하다.

사랑이 자신을 죽인다 싶으면,

사랑을 멈춰야 할 때다.

나를 떠난 이에게 하고 싶은 말?

이 말 한마디만 할게
떠나 줘서 고맙다

그날, 너에게?

_____

_____

_____

_____

_____

언젠가는 알게 된다.

지금의 마음이 아무것도 할 수 없을 정도로 자신을 할퀴고, 아무것도 사랑할 수 없을 정도로 푸석해졌다 해도. 언젠가는 알게 된다. 흔들고만 지나가는 것은 사랑이 아니다. 할퀴고만 지나가는 것은 사랑이 아니다. 마음을 사막의 모래와 같이 푸석하게 만들었다면, 그것 역시 사랑은 아니다.

사랑 때문에 아픈 사람아.

안다. 그 시간. 하루가 백 년쯤은 되는 것 같이 느껴지는, 시곗바늘 소리마저 아파서 견딜 수 없는 시간이라는 걸. 하지만 그렇게 시간은 간다. 그 시간이 지나면 분명, 그 사람에게 고마워진다. 떠나 줘서. 그날 나를 떠나 줘서 고맙다고 말하게 될 날이 꼭 온다.

떠난 이에게 할 수 있는 진정한 복수는,

내가 나를 그 누구보다 사랑해 주는 거다.

여섯 번째, 답변
●●●●●●

상대를 사랑하는 마음보다
단 1%라도 나를 더 사랑해야 해

너를 잡지 못했다.

너를 잡을 이유를 찾지 못했다.

그날, 너를 잡았다면,

그날, 네가 떠나지 않았다면,

아마 나는 지금 울고 있을지도 모른다.

그러니 고맙다. 떠나 줘서.

일곱 번째 물음
○○○○○○○

오늘, 당신은 자신의 이름으로
살고 있나요?
부족하고 서툴러도 괜찮다
나로 살아 주는 나니까

오늘을 버텨 내고 있는 나에게 하고 싶은 말은?

_____

_____

_____

_____

인생이 기쁨으로 다가올 때는 삶이 온통 느낌표와 같고, 인생이 아픔으로 다가올 때는 삶이 온통 마침표와 같다. 이런 말이 다 거짓 같겠지만, 기쁨도, 아픔도 모두 시간 앞에서는 영락없이 흐릿해진다. 오직 변하지 않는 것은 나로 살아가야 한다는 것. 그렇기에 끝없이, 끊임없이 나를 사랑해야 한다는 것.

실수 없는 사람은 없다. 오늘은 누구에게나 처음이니까. 단 하루도 쉬운 날은 없다. 온갖 감정들과 온갖 사람들 사이에서 버텨 내야만 하는 오늘이니까.
실수를 하지 않는다고 말하는 이를 부러워하지 말자. 누군가의 실수를 비웃을 줄은 알아도, 죽었다 깨어나도 절대 자신의 본모습을 알 수는 없을 테니. 오늘이 참 쉬웠다고 말하는 이를 존경하지 말자. 타인의 하루를 가볍게 여길 수는 있어도, 인내 끝에 얻게 되는 성취감을 결코 알 수는 없을 테니까.

아침에 감사할 줄 안다면
당신은 잘 살고 있다

어느 날 아침인가,
문을 열고 나오는데 햇빛이 쏟아져 들어왔다.

그렇게 아침은 진즉에 문밖에 앉아
기다리고 있었던 것이다.
문을 열자마자 와르르 쏟아져 들어오는
햇빛을 보자 왈칵 눈물이 났다.
그 배려마저 따뜻해서.

그렇게 또 찾아와 준 아침이 고마워서,
그렇게 감사할 줄 아는 나라서.

언제부터인지는 정확하지 않지만, 외로울 때면 빈센트 반 고흐가 그린 밀밭들을 찾아보게 됐다. 노란 밀밭에 서 있는 상상을 하면, 왠지 외로움을 이해받는 기분이 들었다.
그럼에도 마음이 풀리지 않는 날이면, 그가 남긴 글귀를 따라 적으면서 자주 들여다보곤 했다.

"새들에게 털갈이 계절이란 어떤 의미가 있을까? 자신의 깃털을 잃는 시기라고 할 수 있겠지. 사람에게 비유하자면, 실패를 거듭하는 불행하고 힘겨운 시기라고 할 수 있을 것 같다."

이 글귀를 읽으면 털갈이를 하는 새처럼 외로움도 참을 만한 것 같았다. 어쩌면 외로움은 습관과 같은 것일지도 모르겠다. 외롭다는 생각에 누군가의 온기가 그립기도 하니까.

당신의 외로움은
어떤 색인가요?

Chapter 2

외롭다고 생각하는 날이 많았다
: 익숙해지지 않는 그 말이 더 쓰렸다
혼자 남겨진 것만 같아서

가장 외로웠던 기억은?
붉은색도, 노란색도 아닌 주황색은 외로움이었다
이도 저도 아닌 나와 닮아서

당신에겐 어떤 징크스가 있나요?

_____

_____

_____

_____

처음엔 좋아하는 것과 싫어하는 것이 명확했다.

언제나 그랬다. 어떤 이는 강하다고, 또 다른 이는 극단적이라고 말했다.

생각해 보면 그게 나였다. 살면서 차차 알게 됐다. '좋다'와 '싫다'가 명확하다는 것은 상처받을 일도, 상처 줄 일도 많아짐을 의미한다는 걸.

시작은 알 수 없지만, 언젠가부터 누군가와 친해지기 전에는 반드시 따돌림을 당하곤 했다. 참 이상한 건 그 다음이었다. 그런 일로 상처투성이가 되고 나면 꼭 관계가 더 깊어졌다. 아니, 더 정확하게는 오랜 인연들이 생겼다. 참 알 수 없는 일이었다.

그래서일까. 그런 일들은 내게 징크스가 되었다. 누군가와 깊은 관계가 되기 위해선, 먼저 상처를 받아야 했다. 그렇게 상처를 준 이들은 아직도 내 곁에 남아 있다. '절친하다'라는 형용사와 함께. 그럼에도 불구하고, 나는 그들을 탓하지는 않는다. '좋다'와 '싫다'의 두 감정 사이에서 타협할 수 없는 내가 있었음을 알게 되었으니까. 내게도 문제는 수없이 많았으니까.

자신에게도 문제가 있음을 알았다고 해서 아프지 않았던 건 아니다. 이름도 붙일 수 없는 숱한 밤에, 수많은 상처를 끌어안고 잠들어야 했다.

하지만 내게 정반대에 서 있는 감정은 거울과 같은 것이었다. 정반대의 감정은 참 애처롭게 닮았다. 이름만 다를 뿐, 누군가를 그만큼 사랑한 것일지도 모른다.
단지 '좋다'는 것은 나보다 더 사랑한 것이고, '싫다'는 것은 나만큼은 아니었다는 의미일지도 모른다. 그 이상도, 그 이하도 아닌. 그리 깊숙이 상처받을 일도, 상처 줄 일도 아닌.

❝ 가장 외로웠던 순간은,
나를 미워했던 순간이다. ❞

첫 번째, 답변

●

답을 할 수 없는 순간에는
차라리 혼자가 되자

좋아하는 것을 좋다고 말했다.
싫어하는 것을 싫다고 말했다.

어느 날부턴가,
누군가의 좋다는 말에 뒷걸음질 쳤고
누군가의 싫다는 말에 마음이 앞섰다.

그럼에도,
좋아하는 것을 싫다 말할 수는 없었고
싫어하는 것을 좋다 말할 수도 없었다.

두 감정이 갈라지는 지점에서
인연도 두 갈래로 갈라졌다.

그리고 그날 이후
나에게 징크스가 생겼다.

그것은 외로움의 시작이었다.
어떤 이는 그것을
고독이라 불렀다.

가장 두려웠던 순간이요?
참 이상했다
항상 무지개를 보게 되니까

당신에게 힘이 되어 주었던 것은?

_____

_____

_____

_____

_____

돌이켜 보면, 가장 두렵던 순간에는 항상 무지개를 봤다. 사실 두렵다는 말 정도로는 정의할 수 없는 순간이었다. 땅에서 살짝 발만 떼도, 더 이상의 내일이 없을 것 같았다. 온몸이 사시나무처럼 떨렸고, 넘쳐흐르는 걱정 때문에 숨조차 쉴 수가 없었다. 그런 순간에는 항상 무지개가 보였다.

이유를 생각해 본 적은 없다. 누군가에게 사랑의 감정이 흐르는 것을 막을 수 없는 것처럼, 어느 순간부터 두려움의 끝에는 항상 무지개가 있었다. 그것에 어떠한 질문도 할 수 없었다. 그 순간에 보인 무지개는 물에 빠진 이가 절대 놓을 수 없는 지푸라기 같은 거였다. 어느 날, 우연히 찾은 병원에서 "큰 병원을 가 보셔야겠네요."라는 말을 들었을 때, 병원을 전전하며 들었던 최상의 결과가 수술이었을 때, 생각은 멈췄다. 아니, 정확하게는 긍정의 모든 단어들이 끝났다. 결국 수술 날짜를 잡고 길고 긴 검사를 받고 있던 어느 날, 친구는 바다를 보러 가자고 했다.
그렇게 떠난 여행길에서였다. 옅은 무지개를 발견할 수 있었던 것은. 그냥 눈물이 났다.

그냥
믿어 보는 거였다

그런 거였다.

믿는다는 것은

어떠한 조건 앞에서도

어떠한 상황 앞에서도

그렇게 되리라 의심하지 않는 것.

의심해야 하는 순간에도

불평해야 하는 순간에도

반드시 나아질 거라

반드시 좋아질 거라

믿는 거였다.

어쩌면 행복도 그런 거다.

믿는 것, 믿어 보는 것.

후회되는 순간이 있나요?
지나면 알게 된다
상처의 이유를

아픔 덕분에 알게 된 것이 있나요?

_____

_____

_____

_____

_____

지난 것들은 모두 무겁다. 앞으로 가려는 한 걸음의 무게는 백 보 이상의 무게를 지닌다. 어리석고 또 애석하게도, 어떤 날은 앞으로 갈 생각은 않고 뒤만 돌아보게 되는 날도 있었다. 그런 날은 모든 것이 후회였다. 수많은 자책의 물음은, 수많은 변명을 남겼다.

지나간 일들을 후회하느라 오늘을 허비했음을 또 늦게나 알게 되는 일이 왕왕 있었다. 그럼에도 이제는 안다. 후회해야 하는 순간에는 후회해야 한다. 그 하루가 너무 아까워 다시 후회하게 되는 날이 있어도, 후회는 필요하다. 후회는 초라하고, 나약하며, 두려움에 떨고 있는 자신을 발견하게 되는 시간이다. 그 시간 안에서 결국 알게 된다. 자신의 아픔 너머로 상대방의 아픔이 보이고, 자신의 허물이 양파 껍질 벗겨지듯 켜켜이 벗겨진다.

지난 것들을 후회한다는 것은, 오늘 꽤 외롭다는 말이기도 하다. 분명 오늘을 살아가야 한다는 걸 알면서도, 지난 시간에 들어가 먼지투성이인 기억들 속에 털썩 주저앉아 뒤만 보게 되는 날이 있다. 만약 오늘 당신이 그리하다면, 당신도 꽤 외로운 건지도 모르겠다.

혼자만 아프다는 생각은
모두 착각

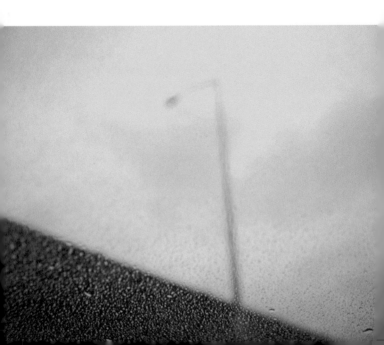

언젠가부터 상처받는 쪽을 택했다.

마음에선 피가 나더라도,

아픈 티는 낼 수 있었으니까.

나중에 알았다.

나만 아프다고 생각한 것은 큰 착각이었다는 걸,

내가 아팠던 만큼 상대도 아팠다는 걸,

그것이 누구의 잘못이었든지

아픔은 절대 한 곳으로만 향하지 않는다는 걸,

꽤 자주 아픈 후에 알게 됐다.

후회는 꽤 자주 고독을 동반했지만

고독은 꽤 자주 용서를 내밀었다.

그렇게 반으로 줄은 마음의 흉터는,

서슴없이 추억이라 이름 붙여졌다.

겁이 날 때는 무얼 해야 할까요?

두렵다기보다 참 슬펐다

그날의 기억은

생각만 해도 겁이 나는 단어는?

_____

_____

_____

_____

번호표 알림판이 분주했다. 알림판을 보는 이들의 시선은 하나같이 불안했지만, 쉴 새 없이 돌아가는 번호표를 차마 무시할 수는 없었다. 번호표로 지정받은 자리에 앉아 검붉은 피를 다섯 통이나 뽑아내니 차라리 개운하다는 생각까지 들었다. 1년이 지났음에도 그 순간의 기억은 송곳처럼 날카롭고, 선명하다. 이렇게 저렇게 수술 날짜를 잡고, 이런저런 검사를 진행하며 생각은 딱 한 단어에 묶여 있었다. 죽음. 멀게만 느껴졌던 그 단어가 생각보다 가깝게 여겨지자, 겁이 난다기보다는 슬펐다. 생각보다는 담담한 슬픔이었다.

수술을 앞두고 부모님께 갔다. 6개월 넘게 넘나들었던 병원보다 부모님 집에 가는 것이 더 겁났다.
"엄마, 나 어쩌면… 암일 수도 있대요."
엄마는 그냥 나를 꼭 안아 주셨다. 생각해 보면, 그 기억 속에서 가장 떠올리고 싶지 않았던 단어는 아마도 작별이었던 것 같다. 생각지도 못한 헤어짐, 다시는 못볼 수도 있다는 두려움, 나쁜 딸 등이 그 순간을 정의할 수 있는 단어들이다.

내일을 꿈꿀 수 있다는 것만으로도
행운이다

마지막이라 생각하니, 꿈꾸지 말아야 할 것은 없었다.
마지막이라 여겨지니, 꿈을 포기할 수는 없었다.

내일이 존재한다는 것만으로도
오늘의 이유는 충분하다.

오늘 몇 번이나 하늘을 봤나요?
하늘을 올려다본 순간
마음이 보였다

오늘은 무슨 색이었어요?

_____

_____

_____

_____

_____

오늘은 몇 번이나 하늘을 올려다본 걸까? 어느 날부턴가 줄곧 이렇게 묻곤 한다. 때로는 땅을 보면서 걷기만 하고, 가끔은 앞만 보고 걷기도 바쁘다. 하지만 이상한 일이다. 땅만 보고 걷는 날에는 오히려 돌부리에 걸려 넘어지는 일이 자주였고, 앞만 보고 걸을 때는 사람과 부딪혀 넘어지기 일쑤였다. 참 이상한 일이다. 하늘을 쳐다보느라 걸음을 자주 멈추는 날에는 돌부리에 걸려 넘어지는 일도, 앞사람과 부딪혀 넘어지는 일도 없었다. 그냥 잠깐의 멈춤이 필요하다는 걸 안 건, 그 사실을 알고 나서부터였을지도 모른다.

오늘을 색으로 표현하자면 흰색이 아닐까? 오늘을 향으로 표현하자면 무향이지 않을까? 낡은 노트들의 지난 기록은 말한다. '길을 잃는 순간도 올 거야.', '가파른 언덕을 올라야 할 때도 있겠지.'
어쩌면 오늘의 의미는 어린왕자 속 바오밥나무 씨앗 같은 건지도 모르겠다. 바오밥나무 씨앗은 매일 잘 뽑아 주지 않으면 어린왕자가 사는 작은 행성 하나쯤은 파괴하고도 남을 정도로 무서운 씨앗이다. 우리의 오늘도 그러하다. 잘 가꾸고, 돌보아야 하는 오늘이다.

열심히 사는 우리의 오늘은
모두 맞다

두려웠다, 이유도 없이
외로웠다, 이유도 없이

이유도 모른 채
초겨울과 한겨울 사이 즈음
온도를 오고 갔다.
마음이 그랬다.

아니라고 하지만
언제나 미래는 겁이 난다.

괜찮다고 하지만
언제나 삶은 무겁다.

그래도 우리는 오늘 맞다.
설령 내일,
오늘이 틀렸다는 것을 알게 된다 해도
열심히 산 우리의 오늘은
맞다.

당신은 비를 좋아하나요?
그 시간만큼은 유일하게 냄새가 났다
마음마저 멈출 만큼

어떤 날씨가 좋나요? 당신은?

_____

_____

_____

_____

_____

비가 좋다. 나는.

그러나 언제부터 비를 좋아하게 된 건지는 모른다.

누군가와 함께여도 외롭다고 느꼈다. 20대의 나는.

아마 그때 즈음이었던 것 같다.

창문 너머로 비릿한 물 냄새가 났다.

그리고 몇 시간 후에 비가 왔다.

언젠가는 마음이 먼저 알았다. 비가 오겠구나.

언젠가는 굳게 닫힌 창문 밖으로 마음이 먼저 마중을
나갔다. 그럼 영락없이 비가 왔다.

타닥타닥. 그 소리가 마음을 문질렀다.

비가 내리는 날이면 마음에 내리는 비가 멈췄다.

어쩌면 내내 빗속에 서 있는지도 모른다. 마음이.

어쩌면 내가 비를 기다리는 진짜 이유는, 내내 내리는
마음속 비를 잠시 멈출 수 있는 유일한 날이므로.

예보조차 할 수 없는 것이
인생이기에
살아 볼 만한 걸지도 몰라

인생은 생각보다 냉정하다.

겨울의 차가움보다 그렇다.

비가 오는 날에는

차가운 빗줄기만 피하면 되는 줄 알았다.

우산만 있으면 되는 줄 알았다.

정작 필요한 건,

비를 함께 맞아 줄 사람이었는데.

빗속 내 곁에

어깨를 나란히 하고 있는 이가 있다면

인생은 살 만하다.

느낌표를 찍고 싶은 시간은?
보통날이라고 쓰고
특별한 날이라 읽을 수 있으면 좋겠다

보통날의 나에게 하고 싶은 말? _____

_____

_____

_____

_____

찰칵, 그런 순간이 있다. 주머니 속에서 우연히 눌린 카메라 셔터 소리. 그 소리마저 크게 느껴지는, 그 사진마저 잊게 되는 그런 날이 있다. 잊고 있던 무명의 사진을 발견한 건 아마도 수일이 지난 또 다른 보통날이었으리라. 무작정 쉬어 보리라 작정하고 숨어든 침대 위, 생각 없이 열어 본 사진첩 속에서 발견했으리라. 떡하니 자리 잡고 있는 무명의 시간들을. 기억에 기억을 되짚어도 이름을 붙일 수 없는 날들. 그래서 그 시간엔 이름조차 지어 줄 수 없는 보통의 시간들.

그래서일까. 왠지 그 시간이 찍혀 버린 사진이 더 애처로워 버릴 수조차 없었다.

하지만 생각해 보면, 이름조차 없는 그런 보통의 날들이 더 특별한 날들일지도 모른다. 너무도 무료하게 느껴졌던 시간들. 손끝 하나 까딱하기 싫었던 하루의 무기력함을 허락한 그날의 소중함은 꼭 지나간 후에 알게 된다. 우리에게는 어쩌면 그런 날들이 숱하게 지나가고 있을지도 모른다. 오늘도.

특별하지 않아서 더 고마운
이름 없는 시간

찰칵,

나도 모르게 찍힌 사진

사진첩 속에 숨어든 무명의 시간

그 시간에 이름은 붙일 수 없어도

더 특별해지는 시간이 있다.

이름이 없는 것들이 그래서

더 특별해질 때가 있다.

언제나 불안했다. 눈을 뜬 순간부터 눈을 감는 순간까지도. 누군가에게 털어놓을 수 없는 마음은, 나에게조차 이해받을 수 없는 마음은 피아노 건반 위 도돌이표와 같았다.

'사막'이라는 시를 읽으면서 참 많이 울었던 것 같다. 왠지 그 마음을 알 것만 같아서. 마침표를 찍을 수는 없어도, 잠시 이해할 수는 있었다. 그 불안들의 진심을, 인생에 채워지는 불안의 수많은 의미를 조금은 알 것도 같았다.

그 사막에서 그는
너무도 외로워
때로는 뒷걸음질로 걸었다.
자기 앞에 찍힌 발자국을 보려고

'사막', 오스텅 블루

그 누구에게도 말할 수 없는
마음이 있나요?

Chapter 3

이해받을 수 없어서 더 아픈 마음도 있다

; 마침표조차 찍을 수 없었다
절대 말할 수 없어서

왜 항상 불안할까요?
우리는 매일
새로운 길을 걸어야 하니까

오늘도 불안해하고 있는 나에게 하고 싶은 말은?

_____

_____

_____

_____

'내일이 있다'는 말처럼 무서운 것도 없다고 느낄 때가 있었다. 눈을 뜨면 반복되고, 다시 반복되는 일상의 시간이 끝도 없이 느껴졌다. 그 시절에는 빨리 어른이 되고 싶다고 생각했다. 그 시절과 오늘의 공통점은 단하나, 끊임없이 불안했다는 것이다.

어른이 되면, 불안감도 없어질 거라고 생각했다. 어쩌면 그 시절 빨리 어른이 되고 싶었던 것은 불안했기 때문일지도 모르겠다. 오늘을 살면서도, 살아 보지 못한 내일을 불안해하는 악순환. 아마도 그 불안감의 시작은 이러할지도 모른다. 우리는 매일 새로운 길 위에 놓인다. 눈앞에 펼쳐진 새하얀 눈길을 걸어야 하는 여행자처럼, 우리는 매일 새로운 발도장을 찍으며 앞으로 걸어가야만 한다. 불안함은, 두려움은 아마 그런 것이리라. 한 번도 가 본 적 없는 길을 혼자서 걸어가야만 하는 무게감.

기억해야 할 것은
오늘을 살아가야 한다는 것

삶에 있어서 무엇이 맞고,
무엇이 틀린지는 모른다.

지금은 맞는다고 생각해 가는 길도,
시간이 지난 어느 날 틀린 길이 될 수도 있다.

우리가 가는 길이 그러하다.
정답은 없지만, 틀린 것도 없는 그런 길.

그러니 우리 오늘을 살자.
어제의 시간을 절대 돌이킬 수 없는 것처럼,
내일의 시간은 내일의 몫이다.

오늘 당신을 불안하게 하는 것은?
내일의 실패와 이별
가장 피하고 싶은 단어들

피하고 싶은 단어가 있나요?

_____

_____

_____

_____

_____

누구나 그러하겠지만, 언제나 이별에는 익숙할 수 없었다. 어떤 날에는 이별의 대상이 사물이기도 했다. 처음 산 책, 월급을 모아 산 첫 차, 선물 받은 첫 정장⋯ 처음이란 단어는 설렘에 자리를 내준다. 반대로 불안의 단어들은 모두 마지막의 의미를 지닌다.

불안 앞에서 생각해 낸 단어들을 내일과 조합하니 참 이중적인 의미가 되었다. 내일은 처음이라는 의미임에도 실패, 이별과 나란히 놓으니 그 의미를 더 피하고 싶어졌다. 불안의 단어들 앞에서는 처음이라는 의미도 무색해졌다. 불안은 그런 것이었다. 그 어떤 희망도 불가능하게 만드는 힘이 있었다.

불안해하기보다
희망하는 것을 포기하지 않기를

사람은 두렵고
사랑은 더 두렵다.

사람 안에서 실패하는 것도,
사랑 안에서 잊혀지는 것도,
두렵고, 또 두렵다.

그렇게 또 살아진다는 말마저
아픈 날이 오면,
사람을 사랑하자.
사랑을 믿어 보자.

우리가 할 수 있는 최선은,
두려워하는 것이 아니라
희망을 포기하지 않는 것이다.
사람 안에서, 사랑 안에서.

불안할 때는 어떻게 해야 하나요?
먼저 숨을 고른 후
불안한 생각과 거리두기

거리두기를 하고 싶은 불안한 생각들은?

_____

_____

_____

_____

_____

잠시라도 불안하지 않은 순간은 없었다. 행복하면 행복한 대로, 불행하다 생각하면 그런대로 불안했다. 불안함은 대단한 폭발력을 가진다. 지나칠 정도로. 어떤 이는 불안을 가리켜 마음을 갉아먹는 감정의 알레르기라 말했다. 불안한 마음의 도돌이표를 끊어 내려면, 둘 중에 하나다. 문제와 당당히 맞서 해결해 버리거나 아예 잊어버리거나.

겁이 많은 나로서는 매 순간 찾아오는 불안의 문제들을 정면 돌파하기가 쉽지 않았다. 불안함은 과하게 몸집 불리기를 잘하는 녀석이므로, 매 순간 그 녀석들과 정면 승부를 거는 것은 무모한 것이었다. 불안함은 이미 지난 것들이거나 아직 일어나지 않은 일들이 대부분이어서, 형체 없는 것들과 싸움을 해야 하는 모양새이기도 했다. 무엇보다 보이지 않는 것들과의 싸움은 늘 백전백패였다.

지금 불안해하는 것들은
미래의 당신에게 생기지 않는다

누군가가 나에게 과거로 돌아가겠느냐 물어도,

나는 절대 돌아가고 싶지 않다.

단지, 과거의 나에게 꼭 말해 주고는 싶다.

사시나무 떨듯 떨고 있을 과거의 나에게,

지난 시간에 갇혀 오늘을 살고 있지 못할 나에게,

꼭 말해 주고 싶다.

"지금 네가 불안해하는 일은 결코 일어나지 않는다.

만약 지금 불안해하고 있는 일이

내일 일어난다고 해도,

그것은 닥친 시간의 몫이다.

그러니 제발, 오늘을 놓치지 마라.

그렇게 놓친 오늘을 후회하느라,

너는 내일 또 불안할 테니까."

사랑 때문에 불안해요?
그 사람의 마음보다
내 마음이 큰 것 같아서

지금 당신은 사랑을 하고 있는 게 맞나요?

_____

_____

_____

_____

_____

그런 사랑이 있다. 자신의 마음은 돌볼 여력조차 없는 사랑, 아파도 그 사람 곁에서 아프고 싶은 사랑, 사랑이라는 이름 아래 주는 것이 아프기만 한 사랑.

요즘 들어 가장 많이 받는 질문 중의 하나가 아픈 사랑이다. 사랑에 정답이 있을 리 없다. 다만, 사랑 때문에 아팠던 과거의 나를 만난다면 이렇게 말하고 싶다.

"아픈 사랑은 사랑이 아니다. 지금 네가 하는 건 사랑이 아니다. 사랑은 그런 것이 아니다."

안다. 당신의 사랑은 틀리지 않았다. 다만 사랑은 혼자 하는 것이 아니라고 말하는 것이다. 만약 사랑이라는 이름으로 누군가를 사랑한다면, 마음의 크기 앞에 좌절하지 말아야 한다고 생각한다. 사람의 마음은 정확하게 계량해서 자로 재듯이 50대 50으로 사랑을 할 수 없다. 분명 어느 한쪽의 마음이 크고, 뜨거운 것이 존재하는 것이 사랑이다. 그런 감정의 저울 위에서 서로 존중하고 배려하는 것이 사랑이라 생각한다.

만약 이런 고민 때문에 오늘 흔들리고 있다면, 나는 당신을 말리고 싶다. 그 사랑을 말리고 싶다.

네 번째, 답변
● ● ● ●

더 많이 사랑하는 것은
죄가 아니다

이상하게 그 사람 앞에서는 당당할 수 없었다.
이상하게 그 사람 앞에서는 생각할 수 없었다.
이상했다. 모든 것이, 내 감정이 미쳐 날뛰었다.
켜져만 가는 감정 앞에서 그 사람은 말했다.
"너를 사랑하지 않아."

상대방이 마음의 경계선을 긋자
더 이상 그 사람을 볼 수가 없었다.

거짓말이라 생각했다.
아침이 오면 눈을 뜨고 싶지 않았다.
시곗바늘 소리마저 아팠다.
시간은 마음을 돌덩이로 만들었다.

일주일이 지났을 때 알았다. 그 사람이 떠났구나.
한 달이 지났을 때 알았다. 그 사랑이 끝났구나.
일 년이 지났을 때 알았다. 그건… 사랑이 아니었구나.
십 년이 지났을 때 알았다.

더 많이 사랑하는 것은 죄가 아니구나.

헤어진 남자친구 때문에 불안해요?
나는 당신이
당신을 조금 더 사랑했으면 한다

지난 사랑 때문에 불안하다면?

_____

_____

_____

_____

_____

어떻게 해도 글을 채울 수 없던 어느 날, SNS의 도움을 받기로 했다. 인스타그램을 통해 "당신을 불안하게 만드는 것이 무엇이냐"는 질문을 던졌을 때, 이런 답변과 질문이 돌아오리라고는 생각하지 못했다. 정말 놀란 것은, 전 남친, 전 남편, 못되게 구는 남자친구라는 답변이 50% 이상이었다는 것이다.

누군가로 인해 불안하다면, 그건 분명 좋은 기억 때문은 아닐 것이다. 이런 경우는 분명 주변의 실질적인 도움이 필요한 경우이거나 지난 사랑에 대한 죄책감 때문에 오는 불안이 아닐까 생각했다.

만약 도움이 필요하다면 서슴지 않고 주변 사람들에게 말해야 한다. 전에도 말했듯이 누군가를 사랑했던 것은 절대 죄가 아니다. 누군가가 사랑이라는 이름으로 당신을 아프게 짓누른다면 그건 범죄다. 단언컨대, 그런 사람들 앞에서는 단호해야 한다. 겁내지 말아야 한다. 내가 당신의 편이 되어 줄 테니까.

그건 절대
당신의 잘못이 아니다

지난 사랑이 오늘의 발목을 잡는 경우를 본 적이 있다.

유독 못되게 구는 이성 친구를 만났거나,

폭력적인 사람을 만났거나,

과격한 방법으로 대하거나,

심하게는 협박을 받는 경우도 있었다.

그 어떤 경우라도, 그건 절대 당신의 잘못이 아니다.

그건 절대적으로 사랑을 흉기로 선택한

상대방의 잘못이다.

나는 당신이, 당신 자신을 더 사랑했으면 좋겠다.

지금 하고 있는 일 때문에 불안해요
오늘 하고 있는 일이
맞는 건지 모를 때가 있다

지금 선택한 길이 틀릴지도 모른다고 생각하는 나에게
_____
_____
_____
_____

지난여름, 베란다에 둔 화분에서 꽃이 폈다. 꽝손인 내 손끝에서 꽃을 피우다니 참 놀라운 일이었다. 멍하니 꽃 핀 화분을 바라보다가 알게 됐다. 솜씨 없는 이의 손끝에서도 꽃은 핀다는 걸. 그리고 그 꽃 역시 아름답다는 걸.

간혹 우리는 자신의 재능을, 자신이 가진 능력을 비하하며 자신감을 잃는 경우가 많다. 어쩌면 나무에 꽃을 피우게 하는 건, 꽃을 가꾸는 이의 능력이 아니라 마음일지도 모르겠다.

20대에는 나이가 들면 이런 고민은 끝이 날 줄 알았다. 하지만 이런 고민은 살아가는 내내 우리를 따라다닐 수밖에 없는 고민 중에 하나다. 이런 고민을 하고 있다는 것 자체가 오늘을 열심히 살고 있는 우리를 가리키는 다른 말일지도 모른다.

설령 오늘 우리가 선택한 일이, 길이 틀리다고 하여도 아무것도 하지 않는 것보다는 낫다. 아무것도 하지 않고 하는 고민보다는, 무엇이든지 하면서 하는 고민이 낫다.

인생이라는 캔버스에서
그리지 못할 그림은 없다

솜씨 없는 이의 손끝에서도 꽃은 피어난다.

삶이란 향기 없는 꽃일지라도

소중히 여겨야 할 값진 것들을 찾아 나서는 여정이다.

이 길 끝에 답이 없다 해도

영원히 답을 찾아 헤맨다 해도

멈출 수 없는 오늘의 길 위에서

주저앉지 않기만 바랄 뿐.

다른 사람들의 시선이 걱정돼요
언제나 걱정 끝에는
내가 아닌 타인의 시선이 있었다 .

오늘 나를 아프게 하는 사람은? _____

_____

_____

_____

_____

저녁이 될수록 어깨가 내려앉았다. 덕지덕지 붙은 타인의 시선의 무게 때문일 거라 생각했다. 세상은 생각보다 관대하지 않다. 날카롭고, 차가운 것투성이다. 그러나, 언제나 나를 가장 아프게 하는 것은 내가 나를 생각하는 방식이었다.

사실 타인의 시선은 아무것도 아니었다. 그렇게 생각하고픈 내 마음이 문제였다. 마음은 언제나 핑곗거리를 찾았고, 가장 좋은 먹잇감은 타인의 생각이었다. 나자신의 생각도 온전히 알 수 없는 삶을 살면서, 다른이의 생각을 안다는 것은 애초에 불가능한 것이다. 그럼에도 타인의 시선을 두려워하는 것은 스스로를 인정하고 싶지 않은 마음에서 출발하는 건지도 모른다.
다른 이에게 평가받거나, 다른 이를 속이는 것은 생각보다 쉬운 일이다. 세상에서 가장 어려운 것은 자기 자신에게 인정받는 것이다. 자기 자신은 절대 속일 수 없으니까.

오늘 절대 다른 사람 이름으로
살지 않기를

나의 밤은, 잠을 허락하지 않는다.

나의 잠은, 꿈을 허락하지 않는다.

나의 꿈은, 끝을 허락하지 않는다.

결국 그런 밤에는 내가, 내가 아니었다.

그런 밤만큼은 다른 사람의 시선 속에만 존재하는

타인의 이름으로 살았다.

다른 이에게 인생을 걸지 말자.

다른 이는 절대 내 인생을 책임지지 않는다.

오롯이 나에게 인정받는 오늘을 살자.

떠나면 조금은 살 것 같았다. 꽤 자주 일상에서 멀어진 나는, 꽤 많은 이를 잃었다. 어느 날, "어디야?" 묻는 친구에게 "길 위"라고 답한 순간 알았다. 진정 혼자가 되고 싶은 마음을. 돌아가고 싶지 않은 마음을.

삶은 언제나 앞을 향해 가라고 말한다. 하지만 마음은 뒤로 돌아선 채 앞으로 가는 흉내만 내는 날이 많았고, 그런 날이면 어김없이 넘어졌다. 그렇게 넘어진 날이면 한참을 주저앉아 있었다.
그날 처음 알았다. 주저앉은 이유조차 묻지 말아야 하는 날이 있다는 걸. 돌아보지 말아야 하는 마음처럼, 잠시 혼자가 되어야 하는 날도 있다는 걸. 많은 것을 잃는다고 해도 말이다.

지금 당신은
어디에 있나요?

Chapter 4

오늘은 나에게 꼭 말해 주고 싶다
: 돌아보지 말아야 할 때가 있다
어쩌면 그날처럼

잠시라도 떠나야
숨이라도 쉴 수 있다고 생각한 순간
길이 보였다

당신은 오늘 어떤 길 위에 있나요?

_____

_____

_____

_____

_____

처음 수술 이야기를 들었을 때, 지켜보자는 의사의 말만 찾아다녔다. 그 순간들, 지나고 보니 왜 그렇게 겁이 났는지 모르겠다. 그냥 그런 것이었다. 밤이 되었음을 알았음에도, 더 이상의 아침은 볼 수 없는 사람의 마음이었다. 그 밤길은 참 길고도 어두워서 숨조차 쉴 수가 없었다.

그 시절의 비자림 냄새가 잊혀지지 않는다. 평소에는 흙밭도 좋아하지 않았던 나였음에도, 떠나고만 싶으면 그곳이 생각났다. 그 시절에는 꽤 자주 제주와 비자림을 찾았다. 흙으로 전해지는 침묵은 내게 알려 주었다. '살고 싶다, 나도', '내일이 있었으면 한다, 나에게도' 그런 생각들이 참으로 솔직하고 명료하게 들렸다.

몸이 아프다는 것은 생각보다 자주 주변을 살펴야 한다는 말이기도 하다. 그래서 가끔은 내 마음보다 가족들을, 때로는 친구와 연인을 안도시켜야 했다.

"나는 괜찮아, 걱정 마."

그 모든 괜찮다는 말이 사실은 괜찮지 않았음을 알고 있었다. 그랬기에 그곳에서는 잠시라도 진실할 수 있었고, 꽤 자주 나는 그곳에서 자유로울 수 있었다.

진심을 다하려면
떠나야만 했다

혼자가 되는 시간에는
꽤 자주 울곤 했다.

혼자가 되는 시간에는
꽤 자주 겁이 났다.

그런 시간에는
모든 것에 얽매이고 싶지 않았다.
그냥 자유롭고만 싶었다.

그 시절, 나는 꽤 자주
그런 생각을 했다.

상처받은 마음이 쉬고 싶다 해요
가끔은 그 길이 틀렸음을 알아도
가 봐야 알게 된다

변명하고 싶지 않은 마음이 있나요?

_____

_____

_____

_____

_____

오롯이 건강을 돌봐야 했던 그 시간 속에서 많은 사람이 떠났다. 돌봐야 했던 관계들에 소원해졌고, 약속했던 일들을 미루기 일쑤였으니 떠난 이들의 잘못은 아니다. 그것은 온전히 내 탓이었고 잘못이었다. 다만 변명을 하자면, 그 순간만큼은 변명하고 싶지 않았다.

그 잘못이 나에게 있었음을 알았다 해도, 아프지 않았던 것은 아니다. 다만 잊혀지는 속도가 LTE급이었다 뿐이지. 그렇게 상처받은 마음은 꽤 단단한 마음을 만들어 줬다. 단단한 마음은 생각보다 많은 시행착오가 가져다 준 선물 같은 것이었다. 분명 비뚤어진 마음이 틀렸다는 것을 알지만, 그럼에도 우리는 상처받지 않고는 살 수 없다.
우리는 때로 상처받기도 하고, 꽤 자주 상처를 주기도 하면서 그만큼 성장한다. 가끔은 지금 가고 있는 길이 틀렸다는 것을 알고 있음에도, 가 봐야 하는 이유가 그것이다. 가끔은 누군가를 향한 비뚤어진 미움도 용서받아야 하는 이유다.

두 번째, 답변
● ●

새벽 1시
누군가를 그리워하는 것도, 미워하는 것도 멈췄다

상처받은 마음은

생각보다 많은 밤을 불면으로 이끌었다.

잠들지 못하는 새벽에는

생각보다 많은 것들이 상처가 된다.

지나간 마음이 송곳처럼 날카로운 말을 내뱉으며

밤을 방해한다.

하지만 그 날카로운 마음은

겨울철 고드름 같은 것이다.

봄이 오면 녹아 버려

형체도 없이 사라져 버릴 고드름 같은 것이다.

시간이 지나면 알게 된다.

형체도 없는 것들에 아파했구나.

언젠가부터 새벽 1시가 되면 생각을 멈췄다.

그냥 따뜻해져야 한다.

나에게, 오늘을 버텨 낸 나에게.

잘 살고 있든, 잘못 살고 있든.

그래야 살 수 있었다.

지쳤어요, 무엇도 하고 싶지 않아요
잠시 아무것도
생각하지 말아야 하는 순간이 온다

지금 당장 쉼표를 찍어야 하는 것은?

_____

_____

_____

_____

_____

지침에는 정도가 없다. 지쳤다는 생각이 든다면, 그 순간 생각도 멈춰야 한다. 지쳤다는 것을 알았음에도 계속 앞으로만 가려 한다면 탈이 난다. 그 순간의 기억을 들춰 보면 마음이 겨울 속에서 살았다. 온기를 나누지 못하는 마음은 곧 몸을 병들게 했다.

생각해 보면, 무수한 사인이 있었다. 쉬어야 한다는 사인, 비워야 한다는 사인, 지금도 잊을 수 없는 한 마디.
"너 그렇게 일하다가 죽어."
한 선배의 강한 일침이 현실이 되자, 그제야 알았다. 쉬는 것은 선택이 아니어야 한다.
처음에는 어지럼증으로 시작했다. 그렇게 시작한 어지럼증은 무기력함으로 이어졌고, 후에는 통증으로 찾아왔다. 원고 마감을 마치고 도저히 앉아 있을 수 없어 병원을 찾았다. 침대에 누워 몸으로 파고드는 링거액을 느끼며 눈물이 시작됐다. 그 순간 알았다면 어땠을까? 아주 가끔은 그 순간이 조금 후회스럽다.
마음이 지침의 신호를 보낸다면, 그 어떤 망설임도 없이 쉼표를 찍어야 한다. 찍지 못한 쉼표는 결국 내 인생에 영원한 마침표가 될 수도 있다.

지금 무조건 필요한 것은
쉼표

그동안 쉬지 못한다고 생각한 것은,

사실 내 마음의 문제였다.

일상 속 잠시 쉼표를 찍는 것이

뭐 그리 어려웠을까.

쉼표를 찍어야,

진정한 마침표도 찍을 수 있는데 말이다.

나를 해치려 하는 모든 것들에.

비울 수 없는 마음 때문에 버거워요
비워야 한다는 생각부터
버려야 할지도 모른다

당신이 지금 움켜잡고 있는 생각은?

_____

_____

_____

_____

비운다는 것만큼 어려운 것도 없다. 보이지 않는 마음을 비워 내는 것은, 빈 잔의 물로 갈증을 풀어야 한다는 말과 같다.

비운다는 것의 정확한 의미는 수영을 배우면서 알게 됐다. 처음 수영을 배우면, 몸에서 힘을 빼고 물 위에 뜨는 법부터 배운다. 물 위에 뜨지 못하는 몸은 마음과 비슷했다. 겁부터 잔뜩 집어먹은 몸은 물 아래로 점점 가라앉는다. 어쩌면 우리는 중력 없는 달 위를 걸어가는 기분으로 일상을 살아가야 하는지도 모르겠다.

지금까지 살아오면서 이 책을 쓰는 순간까지도 비움의 의미를 정확하게 알지는 못한다. 다만 비울 수 없는 마음은 두 손 가득 든 짐의 무게만큼이나 무겁고, 더는 담을 수 없는 짐의 부피만큼이나 큰 것이다.

첫사랑 때문에 마음 앓이를 하던 순간, 가장 위로가 되었던 말은 바로 '비울 수 있어야 채울 수 있고, 보낼 수 있어야 새로운 사람도 만날 수 있다'는 친구의 조언이었다. 꽉 움켜쥔 손으로는 그 어떤 온기도 나눌 수 없다. 우선은 지금 움켜쥔 생각들을 그냥 놓아 버려라. 습관적으로 그 생각과 거리를 둬야 한다.

지금이 바로 나에게
솔직해져야 하는 시간

내 마음이 가장 먼저 안다.
지침도, 지침의 의미도.

지쳤다는 생각이,
지쳤다는 말이 맴돌고 있다면
가장 먼저 자신에게 솔직해져야 한다.

'나는 왜 지금 힘들까'
생각이 쏟아 내는 질문들을
구체적으로 펼쳐 놓아야 한다.

손에 잡히지 않는 생각들이
구체적이면 구체적일수록
비울 수도 있게 된다.

쉰다는 진정한 의미는?
없을지도 모른다
그런 척하는 거지

지금 당신은 몇 시에 살고 있나요?

_____

_____

_____

_____

밤 열 시다. 모든 일에서 해방되는 시간. 퇴근 후 한두 시간은 한 번을 앉지 못하는 경우가 대부분이었다. 밀린 설거지를 하다 보면 밀린 빨래와 청소가 보였고, 그렇게 이어진 집안일은 내일 먹을거리 준비와 옷 정리로 이어졌다. 어느 날에는 그런 생각들이 강박처럼 몰려왔다. 가족들은 유난스러운 성격 탓이라면서 걱정을 하기도 했다. 그렇다. 나는 강박적인 깔끔주의자이다.

뭐 하나 바닥에 굴러다니는 것을 보지 못했다. 한 올의 머리카락이라도 떨어져 있는 꼴을 보지 못했다. 그런 강박이 언제부터 시작되었는지는 알 수 없다. 다만 확실한 것은, 강박이 나를 병들게 하고 있었다는 것이다. 머리카락 한 올까지 다 청소하며 몇 시간을 일하다 보면, 처음에는 한 번 앉고 싶은 바람이 든다. 일을 마치고 앉으면 눕고 싶고, 누우면 그다음에는 베개가, 또 다음에는 이불이 필요해진다. 그 어떤 마음을 채워도 자꾸 욕심이 생긴다.

쉬고자 하는 마음도 그랬다. 진정한 쉼의 의미가 없다고 생각한 것은, 쉬고자 하는 마음에 자꾸만 욕심이 생기는 나를 발견하고부터다.

다섯 번째, 답변
●●●●●

세상 가장 어려운 것
쉰다는 의미

점점 어려워졌다.

쉰다는 것에도 의미를 찾아야 했을 때

누군가 쉬는 것에 대한 의미를 물을 때

쉬고자 하는 마음에서 답을 찾아야 할 때

아마 삶이 끝나는 그 순간에도

찾을 수 없을지 모른다.

다만 마음에 변명거리를 만들어 주지 않기로 했다.

자꾸 마음에 걸려 넘어지는 날이 많았다.

마음에 걸려 넘어지는 날에는

그 무엇도 하고 싶지 않았다.

그냥 쉬는 척이라도 해야 했다.

그래야 마음이 일어나는 척이라도 해 주었다.

걱정들이 끊임없이 이어져요
그런 순간에는
걸어야 했다

비가 오는 날에 꼭 챙겨야 하는 것은?

_____

_____

_____

_____

걷는 게 참 좋았다. 생각이 파도처럼 덮쳐 오면 그냥 걷게 됐다. 어느 날인가, 한강 다리 위를 걷고 있었다. 한참을 걷고 있는데 비가 내리기 시작했다. 처음에는 참 난감했다. 우산도 없이 다리 중간에서 만나는 비는 불청객 같았다.

비를 맞으며 한참을 걸을 때, 생각이란 사치와 같았다. 온 정신이 총총히 걷는 발걸음의 보폭과 빗소리에 집중됐다. 그렇게 30분을 걷고 나니, 비를 맞아 볼품없어진 내 꼴이 더 우스워졌다.

그때만큼은 걱정도 더 이상 걱정이 아니었다. 아마도 걱정이란 이런 것일지도 모르겠다고 생각했다. 형체도 없이 나를 괴롭히며 인생을 볼품없이 만들어 버리는, 예고 없이 내리는 지독한 장마 같은 녀석일 거라고. 그 뒤부터는 걱정이 시작되려 하면, 무조건 걷는다.

그런 날에는
우산이 아니라 친구가 필요할지 몰라

그런 날에는

우산만 있으면 되는 줄 알았다.

정작 필요한 건 함께 비를 맞아 줄 사람이었는데

그런 날에는

이렇게 말해 줄 친구가 필요할지도 모르겠다.

"지금 네가 하는 고민은 일어나지 않을 거야."

쉬다 보면 뒤처질 것 같아요
우리의 오늘은 내일보다
특별하니까 괜찮아

당신의 오늘은 특별했나요? _____

_____

_____

_____

_____

'지나간 시간은 다시 돌아오지 않는다.' 는 글을 썼을 때, "그러지 않아도 힘든데 그만 좀 독촉해요."라는 쪽지를 받은 적이 있다. 분명 오늘의 소중함을 강조한 글은 맞지만, 채근이나 종용의 의미를 담은 글은 아니었다. 그럼에도, 생각해 보니 그럴 수 있겠다 싶었다.

어느 드라마의 대사처럼 오늘은 우리가 살아갈 날 중에 가장 젊고 건강하며, 도전적인 날이다. 나는 이 글을 읽는 이들이 오늘 안에서 조금이나마 행복을 느꼈으면 하는 바람으로 글을 쓴다. 또한 나 자신에게도 잊혀지고 있는 어제의 아픔을 절대 잊지 않았으면 하는 바람을 담는다.

우리는 누구나 죽어간다. 우리는 누구나 최악의 시나리오 속에 살고 있다. 그 최악의 시나리오에서 자유로울 수 있는 사람은 단 한 명도 없다. 우리가 오늘을 특별하게 보내야 하는 이유는 단 하나. 오늘은 우리가 살아갈 무수한 내일 중에 가장 젊고, 빛나며, 건강한 날일 테니까. 내일이 되어 오늘의 의미를 알게 된들, 그것은 이미 늦어 버린 꼴일 테니까.

수많은 감정을 뒤로하고
오늘은 간다

이유도 모른 채
무기력했다가 열정이 넘쳤다 했다.
온탕과 냉탕을 오가듯,
가을바람 시소를 타듯,
마음이 그랬다.

아니라고는 했지만
언제나 내일은 겁이 나고
삶은 고단했다.

수많은 감정을 뒤로하고 오늘은 간다.
오늘이 틀렸다 해도, 맞았다 해도
오늘은 간다.

라틴어 중에 콘베르시오(convérsĭo)라는 말이 있다. 이 단어는 '회전, 방향 전환'을 뜻하지만 종교적인 의미로는 반성과 회개의 뜻을 지닌다. 이 단어의 의미를 알게 되자, 얼핏 내 삶의 방향을 보는 것만 같았다. 자신의 마음은 숨긴 채, 가식적으로만 살아가고자 하는 내 모습을. 못생긴 마음을 가득 채운 채 아닌 척 살아가는 내 모습이 한심하게만 느껴졌다.

몸에 병이 들면서 스스로에게 사랑받고 싶어졌고, 인정받고 싶어졌다. 밖으로 향한 내 몸을 틀어 안을 들여다보기로 했다. 내 안에 아무리 못생기고 조각난 마음이 많다 해도, 조금 솔직하게 살고 싶다는 생각이 들었다. 이제부터라도.

나에게 솔직하게
털어놓고 싶은 마음은?

Chapter 5

좀 솔직하고 싶다
: 못생긴 마음을 많이도 가진 사람이다
나는 말이다

사람 때문에 아팠나요? 오늘도
인간관계 안에서
상처받지 않는 사람은 없다

상처 준 그 사람의 이름은? _____

_____

_____

_____

_____

어둠 위에 흩어진 낱말들이 잠 못 드는 밤을 만들고, 긴 밤 열병을 앓았다. 상처받으며 아프지 않았던 적은 없었다. 그날 이후, 어느 이름 모를 길에서 마주쳤다. 그 이후였다. 마음이 놓였다. 그렇게 상처를 주고 떠난 이의 얼굴 역시 편해 보이지는 않았다. 오히려 편한 쪽은 나였다. 그날 이후 악몽을 꾸지 않았다.

서른은 이런 생각을 던져 줬다. '상처를 덜 받는 것보다, 자존심을 지키는 게 더 중요해.' 서른이라는 숫자는 많은 것을 답이라 내놨고, 그만큼 빼앗아갔다.

가령 얄팍해져 버린 친구 연락처만큼 관계들은 빈약해져만 갔다. 내가 뒷걸음질 친 만큼 상처받을 일은, 자존심 상할 일은 없어졌다.

그러다 우연히, 길에서 지난 상처 속 주인공과 마주쳤다. 아니, 조금 정확하게는 잊혀진 누군가와. 그 사람의 눈빛은 심하게 흔들렸다. 짧은 순간 상대의 시선이 강하게 느껴졌지만, 나는 반응하지 않았다. 그는 이미 나에게 지나간 사람이었다. 어느 드라마의 대사처럼, 잊혀진 시간은 더 이상 상처가 되지 못했다.

지레 겁부터
먹지 않기를

쿵.

마음이 내려앉았다.

탁!

마음이 끊어졌다.

텅!

마음이 비었다.

쿡.

마음을 찔렀다.

꽤 크게

가슴을 울리는

마음의 소리는 나만의 것이 아니었다.

왜 긍정적으로 살아야 하나요?
세상은 생각하는 대로
답을 내어 준다

긍정적? 부정적? 당신은 어떤 모습으로 살고 있나요?

_____

_____

_____

_____

20대에는 꽤 긍정적인 사람이었다. 굳이 부정적으로 살고 싶지는 않았다. 그때까지만 해도 부정적인 것은 잘못된 것이라고 생각한 탓이 컸다. 그 생각으로부터 자유로워진 것은, 화를 내야 하는 상황에서도 웃고 있는 나 자신을 발견하고 나서부터였다.

대학을 졸업하고 기자 일을 시작하면서 가장 어려웠던 것은 사회생활 그 자체였다. 주간의 독선 앞에서 울기라도 하는 날엔 세상에 있는 욕이라는 욕은 죄다 내 몫이 되었고, 선배들의 모진 행동 앞에서 조금이라도 흐트러졌다간 '어디서 저딴 놈이 굴러들어왔냐'는 거센 앞담화와 뒷담화를 모두 감내해야 했다. 울 수도 없고, 그렇다고 웃을 수도 없는 사회생활이 지독하다 못해 세상 부조리의 총합이라 여겨지던 어느 날, 한 선배가 말을 건넸다.

"못 해 먹겠지? 그래도 있잖아. 아직 찾지 못했다, 그만둘 이유를. 주간한테 백 번 욕을 먹어도 내 이름을 걸고 글을 쓴다는 것의 치열함이 좋거든, 나는. 너는 어떠냐?"

무슨 시답지 않은 위로인가 싶었다. 그 의미를 조금씩 알게 된 건, 시간이 꽤 흐른 뒤였다.

믿어? 믿어!
서툴기만 한 내 마음이라도

그 순간에는 알지 못했다.
절대 알 수 없는 문장의 무게였다.

그 의미를 알게 된 것은
꽤 시간이 흘러,
후배가 하나둘 생기고,
후배들에게서 지난 내 모습이 보일 때였다.

이런 마음이었겠구나.
그 선배가 조금 이해가 됐을 때,
그 시절, 포기하지 않고 버텨 준
내 마음을 믿어 보기로 했다.

생각해 보면,
세상은 잔인한 만큼 공평했다.
나를 믿은 만큼, 내가 보려고 한 만큼만
답을 내놓는다.

그러니 굳이 부정적으로 살고 싶지 않아졌다.

어떻게 살아야 잘 사는 걸까요?
아주 평범해 지루하기만 한
보통날이면 어때

지금은 잘 살고 있나요?

_____

_____

_____

_____

_____

답을 알지는 못한다. 잘 사는 법? 잘 사는 법, 뒤에 어떤 문장부호를 붙이든 나에게도 어렵기만 한 물음. 그 답을 알게 되는 날이 오기는 할까. 그렇다고 이 책을 읽는 이들에게 잔소리나 충고, 위로를 건넬 생각은 추호도 없다. 이 글을 쓰면서도 잡히지 않은 수많은 생각과 전쟁을 치르는 중인 내가, 어떻게? 불가능한 일이다. 나는 현재 마음속 전쟁 중에 버려진 낱말들을 하루하루 토해 낼 뿐이다.

딱 1년이 지났다. 오늘은 새벽부터 스마트폰 알람이 울려 댔다. 1년 전 내가 물었다.
"그날은, 네가 그토록 바라던 보통날처럼 살고 있냐?"
뭔 소리야? 보통날?! 1년 전의 물음이, 그 시간이 이제는 느껴지지 않았다. 감사와 후회로 넘쳤던 1년 전 메모장의 나는 사라졌다. 감사의 자리에는 불만만이, 후회의 자리에는 자만만이 차지하고 있었다. 부정적인 마음이 일상을 차지하기까지 1년이 채 걸리지 않았다. 감사의 일기는 어느 순간 멈췄고, 보통날의 특별함은 멈춘 지 오래였다.

지난 시간들을 돌아보면 그랬다. 삶이 끝을 불러들이자 그냥 내 일이, 내일이 있다는 게 좋았다. 여느 때처럼 인파 속에서 출근을 하고, 서울이라는 도시에 내 공간이 있고, 하는 일 안에서 이름을 찾고, 다시 그 이름으로 누군가를 만나 타인의 세상 속 이야기를 듣고, 쓰는 그 모든 순간이 빛처럼 느껴졌다. 1년 전에는 모든 것이 그랬다. 이유는 단 하나였다. 오늘이 마지막일 수도 있다는 것을 알게 된 하루하루였다는 것. 내일의 존재가 참 절절했다는 것.

그 마음 하나가 무너지자 다시 일상은 보통날이 됐지만, 특별함은 온데간데없었다. 삶이 끝을 멀리하자, 오늘을 그냥 흘려보내는 일에 아낌이 없다.

❝그럼에도 그 후로 꽤 자주 궁금했다.
일 년 후 내 모습이…❞

달라진 건
마음 하나였다

달라진 것은,
그 마음 하나였다.

끝을 알았던 마음은,
사소한 것에 마음을 걸었다.

끝을 지나던 마음은,
특별한 것만 마음에 두었다.

달라진 것은 없는데,
마음이 달랐다.

마음 하나 달라졌다고
세상이 달리 보였다.

보통날이 도대체, 왜 좋아요?
내일이 있고
조금 더 꿈꿀 수 있으니까

오늘이 내게 주어진 마지막 날이라면?
_____

_____

_____

_____

_____

병원에서는 입원과 수술을 재촉했다. 기나긴 대기 시간 후에 어렵게 만난 의사의 표정 하나, 행동 하나에 촉각을 곤두세우는 그곳. 그날 그곳의 온도는 한겨울의 냉기와도 비교할 수 없도록 차디찼다. 사람들의 얼굴에는 감히 설명할 수 없는 피로와 절망, 표정이 읽히지 않는 삶에 대한 냉소가 가득했다.

진료실은 5층이었다. 1시간 정도 이름이 불리기를 기다리고 있을 때, 창 너머로 기차 소리가 들렸다. 평소에는 시끄럽게만 들리던 그 기차 소리가 그날에는 유독 정겹게 들렸다.

'아, 바깥세상은 다를 게 없구나.' 그런 생각에 머물자, '다시 일상으로 돌아갈 수 있을까' 라는 의문이 들었다. 창밖 사람들의 보통날이 부럽기만 했다.

그런 생각이 들자 후회는 눈 덩어리처럼 커져만 갔다. 후회에 절망의 감정을 덧대고 있을 즈음 의사를 만날 수 있었다. 의사는 초음파 결과와 피 검사지를 한참 본 후 담담하게 말했다.

"수술을 해야 정확하게 말할 수 있을 것 같습니다. 혹시 모르니… 각오는 단단히 하셔야 할 것 같습니다."

애틋하지 않을 이유가 없다
오늘은 마지막일 테니

마지막이라는 말은
생각보다 묵직하다.

처음에는
내일을 희망할 수 없는 것에
한숨이 나왔다.

두 번째는
끝이라는 의미가 막막해서
두려웠다.

그러다 알았다.
우리는 누구나 끝을 향해 달려간다.
끝에서 자유로울 수 있는 사람은 없다.

그러니
더 애틋해야 한다.
더 다정해야 한다.
다시 오지 않을 오늘에게.

마지막 날 하고 싶은 일은?
사랑하는 사람에게
꼭 말해 줘야 한다

마지막을 함께하고 싶은 사람은?

_____

_____

_____

_____

_____

의사의 그 묵직한 문장이 낯설게 들려왔다. 저 문장들이 나를 향한 것이 맞을까. 현실도 부정해 보았다. 시공간의 의미가 모호하게 느껴지고, 어느덧 수술 코디 앞에 앉은 나는 생각보다 담담한 척을 할 수 있었다. 심각한 결과치 때문이었는지 병원의 배려로 수술 날짜를 일찍 잡을 수 있었다. 그 순간에도 문득 그런 생각이 들었다. '그럼에도 불구하고 난 참 운이 좋은 사람이다.' 불쑥 긍정이라는 녀석이 튀어나왔다. 나라는 사람은 참 대책 없는 긍정쟁이였다.

마음이 퍼석해지는 것은 일도 아니었다. 암, 죽음, 이별, 숨이 멎을 것만 같은 무서운 단어들이 생각을 점령하는 데에는 그리 많은 시간이 걸리지 않았다. 그렇게 뿌리 내린 부정적인 단어들은 잡초와도 같았다. 불행한 단어들은 강인하게 뿌리를 내리고, 가지를 뻗으며 무서울 정도의 파괴력으로 마음속을 점령해 나갔다. 그 시절 나는 버텨 내는 법을 찾아야만 했고, 그렇게 찾아낸 것은 기도였다. 처음에는 원망으로 가득한 기도였다. '왜 저입니까?' 쉬이 꺼지지 않는 두려움 앞에 원망을 할 수 있는 것이 그나마의 숨통이었다. 무수하게 쏟아낸 원망의 끝에는 늘 사랑이 있었다. 가족이 있었고, 사랑하는 이가 있었다. 그러다 다행이다 싶었다. 이렇게라도 끝을 준비할 수 있으니, 그나마 말할 수 있는 기회라도 얻게 되었으니 다행이다 싶었다.

우리는 누구나 끝을 향해 달려가는 최악의 시나리오 속에 살고 있다. 최고의 시간 속에 있다 해도 끝은 언제나 온다. 그러니 매시간 말해 줘야 한다. 사랑하는 이에게 감사해야 한다. 진심을 다해 안아 줘야 한다. '우리'라는 멋진 울타리를 만들어 준 사랑하는 이들에게 마음을 다해야 한다. 언젠가 이별은 꼭 올 테니까.

❝ 너와 함께여서, 그게 너여서,
참 좋았다. **❞**

우린 또 그렇게
마주 보고 웃고 말았다

더없이 미안한 순간이 있다.
그럼에도 언제나 마주한 곳엔
그가 있었다.

이렇게 우리는 오늘도
새로운 사연을 갖게 됐다.
그 사연이 아프고 힘들어도
언제나 함께할 것임을 알기에
우린 또 그렇게 마주 보고 웃고 말았다.

토닥이며 끌어 주며
그렇게 매일 우리가 되었다.

언젠가 분명 이별이 오겠지만,
오늘은 우리라서 참 다행이다.

인연을 믿으세요?
반쪽의 모습으로 찾아와
나를 완벽하게 채워 주는 관계

언젠가 인연을 만나게 된다면, 하고 싶은 말은?

_____

_____

_____

_____

나이가 들수록 대책 없이 인연을 믿게 됐다. 주변 사람들의 이야기가 불을 지폈고, 내 이야기가 기름을 부었다. 십 년 넘게 한 사람을 사랑하게 되면서, 그 마음은 더 견고해졌다. 인연이란, 한 올 한 올 떠서 만들어 가는 세상 속 스웨터 같은 것이다.

이런저런 자리에서 "인연을 믿으세요?"라는 질문을 받아도 쉬이 답하지 못했던 나는 '아픔'의 시간을 겪으면서, 인연이란 자신을 좋은 사람으로 여기게 만드는 사람을 만나는 것이 아닐까 하는 결론을 얻게 됐다.

몸이 아프다는 핑계로 마음의 날을 바짝 세운 채 살았던 그 시간들이 알려 준 것이 있다면, 인연의 참모습이었다. 생각보다 많은 이들이 약속을 지키지 않았다는 책임을 물으며 떠나갔다. 말할 수 없는 마음에 상처를 덧입히며 작별을 고했다. 그럼에도 그 순간 나를 지켜 줬던 따스한 스웨터 같은 이들이 있다. 그렇게 말할 수 없는 시간을 신뢰와 인내로 기다려 준 이들은 평생의 친구로 남았고, 토닥이는 손길에 따스함을 건넨 이들은 잊을 수 없는 동지로 남았다.

나는 아직도 인연을 믿는다. 언젠가 내가 받은 그 마음들을 갚을 수 있는 사람이 되기를 소망할 뿐이다.

인연이란
그런 것

어떤 사람은
내 탓이라고만 했다.

어떤 사람은
내 덕분이라고 했다.

어떤 사람은
내 잘못이라 여겼다.

어떤 사람은
네 잘못이라 여겼다.

그 어떤 사람도 틀린 사람은 없었다.
하지만 상처받는 이는 있었다.

인연이란 그런 것.
그래서
인연은 더 고마운 것.

세상에서 가장 미안한 사람
엄마,
그 이름만으로도 고맙습니다

엄마에게 꼭 하고 싶은 말은?

_____

_____

_____

_____

지난 5월, 간만에 엄마랑 데이트를 했다. 식사를 하고 종로 쪽으로 걷던 엄마는 문득 내 손을 잡아끌면서 말씀하셨다.

"우리 조계사에 가 보지 않을래?"

'불교 신자도 아닌데, 왜 절에…' 그러다가 알게 됐다. '맞아. 작년 이맘때쯤이네…' 잊고 있었다. 외할머니 기일을. 그 순간 알게 됐다. 엄마도, 누군가의 딸이었다는 걸.

절은 부처님 오신 날 준비로 분주했다. 문득 불교 신자이셨던 외할머니를 위해 연등을 달면 좋겠다는 생각이 들었다.

"엄마, 우리 연등 달까?"

엄마의 눈가는 그 순간 촉촉해졌다. 새파란 하늘에 새하얀 연등을 달고 집으로 돌아오는 길에 엄마는 내 손을 꼭 잡으며, "고맙다. 딸아!"라며 마음을 전했다.

그게 뭐라고. 속상하기도 하고, 스스로에게 화가 나기도 한 그날. 엄마라는 단어는 생각보다 많은 후회의 시간들을 뱉어 낸다는 걸 알게 됐다. 그도 그럴 것이, 생각해 보면 지금까지 착한 딸인 적은 거의 없었다. 가장 큰 후회로 남은 건 무조건 엄마의 말과 반대로만 행동한 내 비뚤어진 반항심이었다.

그땐 참 나란 녀석이 그랬다. 스스로 불구덩이에 들어가는 불나방인 줄도 모르고, 무조건 엄마의 말과 반대로만 행동했다. 그리곤 어쭙잖게 '나는 절대 엄마처럼은 안 살아.'라며 엄마한테 대못을 박아 댔다. 그 시절에는 엄마한테 대드는 것이 무슨 독립 열사라도 된다고 생각한 모양이다. 파란색의 마지막 질문에서 엄마를 떠올리게 된 건, 나이가 들수록 내 모습에서 엄마를 발견하게 되는 순간이 많아지고 있기 때문이다. 파란 수면 위로 비치는 모습이 분명 엄마 얼굴인데, 손을 뻗으면 없어져 버리는 것처럼. 날이 갈수록 애처롭고 애틋한 이유일 것이다. 절을 나서면서 그런 생각을 했던 것 같다.

'엄마, 다음 생이 있다면 내 딸로 태어나 주라. 아무리 못되게 굴어도, 내가 다 받아 줄게. 엄마 정말 미안했어. 그리고 미안해.'

“엄마, 사랑해요!”

엄마는
당연한 이름이 아니었다

나이가 든다는 것은,

내 얼굴에서 엄마의 흔적을 발견하는 일이 잦아지는 것.

엄마를 떠올리면,

언젠가부터 눈물이 먼저 났다.

내 기억 속에 엄마는 늘 부지런했다.

등굣길이든 출근길이든, 뒤를 돌면 엄마가 서 있었다.

빨래에서는 항상 기분 좋은 햇살의 냄새가 났다.

이불은 항상 보송했고, 옷가지에선 달콤한 냄새가 났다.

엄마가 주는 것은,

언제나 당연하다고 생각했다.

어느 날, 살이 부쩍 빠진 엄마를 발견했다.

깊어진 주름 사이로 노인이 되어 있는 엄마를 발견했다.

그래서 더 미안했다.

그 시절까지 당연하게만 생각했던 엄마는

당연한 게 아니었다.

나는 아직까지도 엄마라는 이름 앞에서는

아이가 됐다.

일상이 꽤 지루하다고 느꼈다. 그때는. 하루는 더뎠고, 누군
가를 믿고 좋아하는 날보다는 의심하고 미워하는 날이 많았
다. 무엇인가를 희망하며 긍정적으로 살기보다는 매 순간 절
망하고 불신하는 것을 택했다. 그렇게 의심하고, 미워하고,
불신하고, 절망하며 조금은 어른이 됐다고 믿은 순간, 몸이
병들었다는 것을 알았다.

삼킬 수 없는 수많은 마음은 결국 몸에 큰 생채기를 남겼다.
마음은 그런 것이었다. 보이지는 않지만, 보이는 대로 보이
게 하는 힘을 가진 것이었다.

그렇게 생각하는 순간, 끊어 내야 한다는 걸 알았다. 그 누구
도 아닌 자신을 위해서. 끊어 내야만 하는 마음이 있다는 걸
알았다. 더 늦어 버리기 전에.

지금 당장
끊어 내고 싶은 마음은?

Chapter 6

마음에 걸린 가시와 같았다
; 삼킬 수 없는 마음은
매 순간을 가시밭길로 만든다

남색의 말 _ 끊어 내고만 싶은 마음

누군가가 너무 미우면 어쩌죠?
그 사람 때문에
시간을 낭비하지 않기를

오늘 누군가를 미워했나요?

_____

_____

_____

_____

꽤 단호하게 말하고 싶다. 남을 미워하는 데에 쓰는 시간만큼 아까운 것도 없다고. 분명 누군가를 미워해야 하는 순간은 있다. 하지만 생각해 보면, 미움은 사랑과 닮았다.

암 병동에 입원을 하고 입원실을 배정받았다. 검사를 마치고 지쳐 자려고 하는데, 옆 침대 여학생이 친구와 통화를 하고 있었다. 꽤 조용한 입원실이어서 통화 소리에 나도 모르게 집중이 됐다.

"나 오늘 항암 치료 끝났어. 의사 선생님이 그러시는데, 나 보고 참 대단하다고, 그 어려운 걸 해냈다고. 학교에서도 못 받아 봤던 칭찬을 다 받았다, 내가. 그리고 나 한 달 뒤엔 학교도 갈 수 있대. 그리고 그때 있지. 왜 그렇게 너를 미워했는지 몰라. 오늘 학교에 갈 수 있다는 이야기를 듣는데, 네 생각이 제일 먼저 나는 거야. 그때 내가 못되게 굴어서 미안했다. 그래도 우리, 아직 친구인 거 맞지?"

통화를 하는 내내 그 친구의 목소리는 심하게 흥분되어 있었다. 밤마다 끙끙 앓던 그 친구의 목소리와 일어나지도 못하고 누워만 있던 힘없는 모습을 떠올리자, 왠지 가슴이 먹먹해졌다.

첫 번째, 답변

●

오늘, 누군가를 미워하며
보내기엔 너무도 아까운 시간

24시간 중,

7시간 정도 잠을 자고,

8시간 정도 일이나 공부를 하고,

2시간 정도 데이트를 하거나 친구를 만나고,

2시간 정도는 점심과 저녁 식사에 할애를 하고,

2시간 정도는 등하교를 하거나 출퇴근을 하고,

남는 하루의 시간은 고작 3시간 남짓.

정말 그 소중한 시간을

다른 이를, 그것도 이가 갈리도록

밉기만 한

이를 위해 써야 할까?

선택은 당신의 몫이다.

어제도 내일도 온통 걱정뿐이에요
대부분의 걱정은
절대 오지 않을 거라는 믿음이 필요하다

오늘 당신의 발목을 잡는 걱정은?

_____

_____

_____

_____

_____

행복하지 않다는 생각이 들 때면, 과거의 기억들이 발목을 잡는 날이 많았다. 그날, 그 순간, 그렇게 하지 않았더라면. 숱하게 반복되는 과거의 시간들이 막아선 오늘은, 내일의 걱정을 꼬리표처럼 달고 나타났다.

걱정은 그런 것이었다. 한여름 밤, 끈적한 설탕물을 온몸에 들이붓고 공원 한가운데에 서 있는 것. 달큼한 설탕물에 꼬이는 온갖 벌레들 속에 자신을 그대로 내어주는 것.

단 한걸음이 필요한 것이다. 그 순간에서 벗어나기 위해서는 단 한걸음의 노력이 필요한 것이었다. 꽤 오랜 시간이 걸렸다. 온갖 망상과, 부피를 키워 가는 다른 망상들에서 벗어나야겠다는 생각이 든 것은. 아무리 아파해도 과거의 잘못은 돌이킬 수 없고, 아직 오지 않은 내일의 걱정은 끝이 없다.

언젠가부터 이렇게 생각하곤 한다. 슬픈 예감은 틀리다. 오직 예감 하나만으로 오늘을 망치지 말자. 그렇게 생각하자 꽤 자주 별것도 아닌 것처럼 지나가는 일이 많았다. 지나고 나서야 그 걱정이 별것 아니었다는 사실을 알게 되는 날도 종종 많아졌다.

이제 괜찮아
아플 만큼 아팠으니까

얼마나 더
그때의 나를 미워해야 괜찮을까.
얼마나 더
그때의 너를 밀어내야 끝이 날까.

후회는 끝이 없고
아픔도 끝이 없다.

그때 나는 분명 아팠을 텐데
그날 나는 분명 무서웠을 텐데

나는 그 순간 오로지
나를 아프게 하고 미워했다.

그러니 이제는
더 자주 나를 사랑해야 할지도 모르겠다.
더 자주 나를 믿어 줘야 할지도 모르겠다.

왜 나한테만 생기죠? 안 좋은 일은
불행이라는 이름의 도돌이표는
나에게서 출발한다

오늘 나는 스스로에게 몇 점짜리 나였을까?

_____

_____

_____

_____

2018년 2월까지는 그랬다. 숨 쉬는 것 다음으로, "왜 나한테만 이런 일이 생기는 걸까?"라는 생각을 하면서 살았다. 친구들과 비교를 해도, 비슷한 나이 또래의 가족들과 비교해도 뭔가 나을 것도 없는 내 삶이 더없이 초라하고 가치 없게 느껴졌다. 막 아프기 시작했을 때는 몸에 든 병이 겁이 났지만, 그보다 내 처지가 더 안쓰럽고 억울하다는 생각이 들었다.

주변 사람들이 건네는 위로가 '바보'라는 말로 왜곡되어 들리기 시작했을 때 즈음, 몸에 병이 찾아왔다. 그즈음이었던 것 같다. 사람들에게서, 서울에서 멀어지고 싶다는 생각이 든 것이. 그 생각이 들자, 짐을 싸서 떠나는 일이 많아졌다.

그런저런 이유를 붙여 떠난 여행지에서의 아침, 병원에서 전화가 걸려 왔다. 의사의 말투는 단호했다.

"피 검사 수치로는 괜찮습니다만, 그래도 수술은 생각하셔야 합니다."

참 많이도 더웠던 그곳에서 짐을 푼 아침, 낯선 모습의 새가 호텔 테라스에 앉아 울고 있었다. 그렇게 전화 속 의사의 목소리와 테라스에서 우는 처음 듣는 새소리를 몇 분 동안 멍하니 듣고만 있었다.

그 시간으로 돌아가면
그냥 안아 주고 싶다

더 힘껏, 더 많이

안아 주리라.

나와 너를.

그 누구도 나를 사랑해 주지 않아요
오늘 나는
나를 사랑했나?

나는 지금 나를 사랑하고 있나요?

_____

_____

_____

_____

_____

몸이 아픈 순간 알게 됐다. 모든 것이 내게서 출발해야 한다는 걸. 다른 사람들의 사랑을 갈구하느라 나를 사랑하지 못한 시간을, 그때 알게 됐다.

낯선 도시에서 나를 발견하게 되는 건, 이런 순간이다. 마주칠 수 없다고 생각한 곳에서 한국 사람과 마주치거나, 내가 믿는 종교의 흔적을 발견하거나.

그날도 그랬다. 그곳에서 성당을 발견하게 되리라곤 꿈에도 생각을 못 했다. 수술 이야기를 처음 듣고, 낯선 공포에 휩싸여 이름 모를 길목을 걷고 있을 때였다. 아주 멀리서 희미하게 종소리가 들렸다. 처음에는 너무도 아득하게 들려서 잘못 들었나 싶었다. 그렇게 한 걸음, 한 걸음 앞으로 나아갈수록 종소리가 선명해졌다. 사실 한국에서는 한 번도 듣지 못했던 성당 종소리였다. 몇몇 사람들이 분주한 걸음으로 한 곳을 향해 걷고 있었다. 그 순간 나도 모르게 그들을 따라갔다. 알고 보니, 그 종소리는 미사를 알리는 소리였다.

그렇게 낯선 도시에서 사람들을 따라 성당 안으로 들어섰다. 90%는 알아들을 수도, 따라 할 수도 없는 예식 안에서 참 많이도 울고 또 울었다. 그리고 그 시간이 내게 물었다. '너는 너를 얼마나 사랑했는가?'

네 번째, 답변
● ● ● ●

생각보다 많은 날들을
나를 미워하며 보냈다

누군가를 미워하는 것의 끝에는 항상 내가 있었다.
누군가를 의심하는 것의 끝에는 항상 내가 있었다.

'네가 그렇게 행동하니까. 당해도 싸다.'

그렇게 내린 결론의 화살은
항상 모진 상처의 말들을 퍼부었다.
'누구를 탓하냐, 다 네 탓이지.'
'왜 그 모양으로 사는 거냐.'

생각보다 많은 날들을 그렇게 나를 원망하며 보냈다.
하지만 이제는 안다.

내가 나를 사랑하지 않으면,
그 누구도 나를 사랑해 주지 않는다.
내가 나를 사랑하지 않으면서,
그 누구의 사랑을 바란단 말인가.

정말 버리고 싶은 감정이 있나요

'울보' 라는 별명이

참 싫었다

마지막으로 울었던 것은 언젠가요?

_____

_____

_____

_____

_____

8살짜리 조카가 헤어질 때 이렇게 물었다.

"고모, 우리 다음엔 9살에 만나는 거야?"

참 황당한 질문이다 싶은 표정을 읽었는지 이렇게 이어 말했다.

"왜, 지난번엔 7살에 만났잖아."

왜 그런 말을 하나 싶었더니, 연말에 만나고 해가 바뀌어 신년에 만난 것을 두고 그렇게 표현한 것이다. 신통방통한 질문에 한껏 웃다가, 문득 이별은 꼬마의 눈높이에서도 참 슬픈 건지도 모르겠다는 생각이 들었다.

첫 조카와는 눈물이 많다는 공통점이 있다. 생각지도 못한 질문을 던지며, 꽤 강단이 있어 보이는 그 녀석도 참 눈물이 많다. '고모 껌딱지'라는 별명을 가진 첫 조카에게 유독 마음이 가는 건, 아마 그런 공통점에 마음이 더 쓰이는 이유일 거다. 눈물 많은 조카에게서 어린 시절 내 모습을 보게 되는 일이 많기 때문이리라.

어린 시절 나는 참 울보였다. 눈물이 많다는 이유로 항상 더 많은 꾸지람을 들어야 했고, 이별은 상대를 막론하고 세상이 무너지는 일처럼 여겨졌다. 눈물을 숨기며 살 수 있게 된 것은 사회생활을 시작하면서부터였다. 이상하리만치 선배들의 독설 앞에서는 눈물이 나지 않았다. 독기라곤 찾아볼 수 없었던 내가, 처음으로 눈물을 참는 오기를 부릴 수 있게 된 것이다.

서른이 되자, 지인으로부터 수채화를 선물 받았다. 수채화를 보자마자 그런 생각이 들었다. 눈물이 많다는 것은 인생을 살면서 만나게 되는 수많은 감정들을 눈물로 그려 내는 것은 아닐까 하는. 꽃잎의 영롱함을 투명하고 깨끗하게 담아낸 수채화의 화폭은 내게, 눈물이 많다는 것은 불편한 것일 뿐 잘못된 것이 아님을 알게 했다.

그리고 세상에서 불필요한 감정은 하나도 없다는 생각이 들었다. 누군가를 미워하는 감정도, 누군가 때문에 슬픈 감정도, 지나고 보면 다 필요한 것임을 알게 된다. 만남이 있으면 헤어짐이 있고, 헤어짐이 있으면 만남이 있다는 말처럼 일생에서 만나게 되는 감정은 모두 버릴 수 없는 것들이다. 우리가 나이만 먹는 늙은이가 될지, 어른이 될지는 지금 느끼는 감정들을 어떻게 소화해 내고 그려 내는지에 따라 달라질 것이다.

“그렇게 울기를 자청하는 날이면
마음이 다 맑아졌다.”

버리지 말아요
마음의 조각들을

매일 마음이 쪼개져 조각이 되었다.

조각 중에는 버리고 싶은 조각도 있었다.

그 조각들에 찔려 울게 되는 날도 있었다.

사랑하는 이의 마음을

조각으로 찌르게 되는 날도 있었다.

그러다 문득 알게 됐다.

그 수많은 조각들이 모여

내일의 내가 된다는 걸,

그 조각들이 바로 나라는 걸.

이별은 언제나 아픈가요?
아프지 않은
이별은 없다

나에게 아버지란?

_____

_____

_____

_____

_____

사실, 아빠를 참 미워했다. 강한 아빠의 모습은 언제나 낯설었고, 무서웠으며 반감이 들었다. 아빠 같은 어른이 되진 말자는 수많은 다짐으로 십 대를 마무리했다. 어른이 되면 절대 아빠와는 말도 섞지 않으리란 각오로 이십 대를 마무리했다. 아빠의 빈자리를 크게 느낀 건, 삼십 대가 되어서다.

학창 시절엔 유독 전학을 많이 다녔다. 건설 회사에 다니셨던 아빠를 따라 시골 이곳저곳을 옮겨 다니며 학창 시절을 보냈다. 서쪽 바다는 언제나 아빠의 일터가 되었다. 간척 사업? 교과서에나 나올 법한 무용담은 아빠의 일상이었고, 일상 속 아빠는 독재자였다.

아빠의 강한 성격을 유독 닮은 딸이어서일까. 나이가 들수록 아빠와 설전을 벌이는 날도 많았다. 치열해진 설전과 비례해서 부녀 사이의 침묵은 점점 길어졌다.

아빠의 부재를 느낄 수 있게 된 건, 별거 아닌 일상에서였다. 아빠가 건강 검진 재검사를 해야 한다는 소식을 전화로 전해 들었을 때만 해도 담담했다. '뭐 별일이야 있겠어. 그렇게 강한 아빤데…'

그러나 한여름 열대야를 피해 집 앞 공원을 찾았을 때, 생각지도 못한 지점에서 주저앉았다. 어린 꼬마 아이가 울먹이는 목소리로 "아빠! 아빠!"를 연신 외쳐 댔다. 그 광경을 보자 '아빠'라고 부를 수 있는 존재가 세상에 존재한다는 것, 그 자체가 큰 행운이라는 것을 깨닫게 되었다. 그 이후에 알았다. 가족들 앞에서 독재자가 되었던 건, 일주일에 한 번꼴로 대중교통 하나 없던 시골길을 몇 시간 동안 걸어서 출근하셨던 아빠 나름의 '지침의 표현'이었다는 걸. 그 시절 아빠의 나이가 고작 삼십 대 중반이었다는 걸. 아빠도 아빠는 처음이었을 텐데, 생각보다 젊은 나이에 가장의 무게를 견뎌야 했음을, 아빠가 아빠로 살아간 나이 즈음이 되자 알게 됐다. 참 바보스럽게도, 이별의 순간이 가까워졌다는 생각이 들자 상대의 가치가 보였다.

❝ 그렇게 점점 아빠와 친구가 되자,
꽤 커진 마음이 말했다.
이젠 어른이 됐구나!❞

오늘이 처음인 것처럼
이별도 처음이니까

이별은 언제나 아프다.

이별이 언제나 아픈 건,

누군가를 떠나보내는 일도

언제나 처음일 테니.

거절하기가 쉽지 않아요
지금 하지 않으면
안 되는 일들이 있다

오늘 당장 거절해야 하는 일이 있다면?

_____

_____

_____

_____

_____

항상 전전긍긍했다. 누군가에게 부탁이라도 받는 날이면 실수할 것만 같은 불안감에 동동거렸다. 무조건 "예스"를 외치는 것이 맞는 일이라 생각했다. "노"를 말한 순간의 정적과 어색함이 싫어, 애써 하고 싶지 않은 일을 떠맡는 경우가 늘게 됐다. 돌아서면 바로 후회하게 될 것을 알면서도 떠맡은 무게감에 책임감이라는 이름을 붙여 속으로는 툴툴거리며 해야 하는 날이 잦아졌다. 나중에 알게 됐다. 그렇게 어쩔 수 없이 하게 된 일들은 잘된 일이 없거나, 그 부탁을 한 사람과 다시 보지 않게 된다는 걸. 시간이 한참 지난 후에 알게 됐다.

확실히 거절할 수 없었던 이유는, 미움받고 싶지 않아서였다. 그 순간 느껴지는 잠깐의 불편함도 싫었다. 그 순간에는 내가 없었다. 나를 존중하지 않았다. 무엇보다 그 일은 내 일상을, 나를 굉장히 오래도록 괴롭혔다. 그런 괴로움을 친구에게 토로하자 친구가 말했다. "이 바보야. 그게 무슨 낭비야. 네가 제대로 거절했으면 그 일을 더 잘할 수 있는 사람이 했을 텐데. 거절을 잘하는 방법은 없어. 너한테도, 나한테도 거절은 힘들지. 근데, 정말 부탁받은 일을 해낼 수 없다면 꼭 해야만 하는 게 거절이야."

그랬다. 거절은 누구에게나 힘들다. 그러나 그 잠깐의 어색함과 타인의 시선에 얽매이지 말아야 한다. 그 관계를 더 오래 지속하고 싶다면, 나 역시 좋고 싫음을 확실하게 할 수 있는 사람임을 알려 주는 것도 좋은 방법이다. 앞서 말한 것처럼 내가 나를 존중하지 않으면 그 어느 누구도 나를 존중해 주지 않는다. 거절 역시 그런 의미에서 생각해 보면 조금은 쉽게 할 수 있을지도 모르겠다.

❝ 거절이 쉽지 않을 때는
나만 생각하기로 했다. ❞

나에게 가장
솔직하게 살고 싶다

타인의 시선에 갇혀 살지 않기를.

오늘의 내가, 나에게 가장 당당하고 솔직하기를.

울고 싶은 날이 오면, 밀린 숙제를 한껏 안아 든 학생처럼 명동 성당으로 향했다. 그곳에서는 조금이라도 더 마음 편히 울 수 있었다. 많은 사람 틈에서도 우는 것이 부끄럽지 않았다. 절대 들키고 싶지 않은 마음도, 그곳에서만큼은 봉인 해제되었다.

그렇게 울기를 자청한 날, 무지개를 보았다. 성당의 스테인드글라스에 머문 햇살이 내가 앉은 자리에 무지개를 만들었다. 그렇게 시작된 무지개와의 인연은, 꽤 자주 행운을 믿게 해 주었다.

그것이 '보이는 대로만 보이게 만드는 마음'의 조작이라 해도 왠지 애틋하고 고맙게 기억된다. 그러니 가장 절망했던 순간에 내게 힘이 되어 준 성경 한 구절로 이 책을 마무리할까 한다.

마음속으로 의심하지 않고 자기가 말하는 대로 이루어진다고 믿으면, 그대로 될 것이다.
마르코 복음서 11,23

당신만의
아지트는?

Chapter 7

나는 내가 가장 어렵다
: 절대 들키고 싶지 않은 마음
그래서 더 애틋하고 고마운 순간의 기억들

보라색의 말 _ 숨기고 싶은 마음도 내 마음이다

그럼에도 불구하고 용서가 안 돼요
용서가 되든 말든
그냥 내버려 두기

지금 가장 생각나는 이의 이름은?

_____

_____

_____

_____

살면서 가장 큰 상처로 남은 것은, 가장 믿었던 이에게 받았던 상처다. 그것이 사랑이었든, 친구였든. 온 마음을 다 주었다고 생각한 이의 배신은 크고 깊은 생채기를 남겼다. 확실한 건, 그 상처 이후에는 사람을 믿는 일 자체에 큰 어려움을 느꼈다는 것이다.

이 이야기를 꺼내면서 참 어려웠다. 십 년이 지났음에도 누군가를 미워하는 마음이 남아 있다는 걸 깨달은 순간, 당황스럽기도 했다. 하지만 보라색을 떠올리자 가장 먼저 이 친구가 떠올랐다. 처음에는 잘 알지 못했다. 내 마음이 그 친구의 마음보다 컸다는 걸. 그 마음의 크기가 상처의 크기와 비례한다는 걸.

일을 하면서 잘 따르던 후배였고, 일을 그만둔 후에는 꽤 자주 만나 속 깊은 이야기를 나누며 친구가 됐다. 그 숱한 이야기들이 후에 내 약점이 되리라곤 꿈에도 생각지 못했다. 마음을 전부 꺼내어 보여 주는 것이 상대에게 칼자루를 쥐여 주는 것이라고는 생각할 수도 없었다.

생각해 보면, 그 친구보다는 나의 아둔함과 어리석음이 더 큰 문제였다. 그 시절의 나는 그 친구가 좋았다기보다는 단지 누군가가 필요했던 것 같다. 누구라도 붙잡고 하소연하고 싶었고, 이해받고 싶었던 것 같다. 당시의 나는 "내 마음 같지 않아."라는 말을 참 많이도 썼다. 시간이 지나 그 친구와 문제가 생기고, 문자로 논쟁을 벌이던 중 받은 "왜 또, 내 마음 같지 않다고 투덜거리고 있나요?"라는 문구를 봤을 때, 어떤 말로도 받아칠 수가 없었다.

그냥 그렇게 마음이 멈춰 버렸다. 누군가를 믿고 털어놨던 말들이 부메랑이 되어 돌아오자 완벽한 KO패를 당했다. 그리고 알았다. 이 싸움에서는 절대 이길 수 없다는 것을. 이 관계는 포기해야 한다는 것을.

❝상처는 간혹
용서를 배우게도 한다.❞

첫 번째, 답변
●

상처만큼
마음도 크더라

그때의 그 문장들이

아직도 또렷하게 남아 있다.

문장이 마음을 벨 수 있다는 것을

그때 알았지.

하지만 지금은 너에게 고맙기도 해.

그날 이후로 마음을 감추는 법을 배웠거든.

아팠던 만큼, 조금은 어른이 된 것 같거든.

그래도 그 사람을 믿고 싶어져요
기꺼이 나 자신을
내어 줄 용기만 있다면

기꺼이 내 모든 것을 내어 주고 싶은 사람이 있나요?

_____

_____

_____

_____

솔직히 누군가를 미워하는 것보다는 누군가를 믿는 쪽이 편하다. 사람을 미워한다는 것은, 온종일 한겨울 들판에 서서 차디찬 눈발을 온몸으로 맞아 내는 것과 비슷하다. 그럼에도 불구하고 나이가 들수록 사람을 믿을 수 없게 되는 건, 더 이상 상처받을 자신이 없기 때문이다.

앞의 질문에서 단 한 사람의 이름만 떠올라도 꽤 살 만한 세상을 사는 거다. 세상은 상대방을 의심하고, 또 의심하라고 부추긴다. 그럼에도 믿고 싶은 사람이 있다면 그것은 행복한 일이다.

"나는 사람을 믿어."라든지, "나는 당신을 믿어."라고 말해 주는 이가 점점 줄었다. 믿음에 있어서 주고받음의 의미가 사라진다면, 조금은 편하게 사람을 믿을 수 있지 않았을까 하고 생각한 적이 있었다.

나부터도 그랬지만, '내 마음을 온전히 다 주었는데, 어떻게 네가?' 라는 생각을 마음속에서 지울 수만 있다면 누군가를 믿는 것이 가능해질지도 모르겠다. 아니, 정확하게는 누군가를 믿는다는 것이 멋진 일이 될지도 모르겠다.

그때 그 시절이
그립기도 해

너의 표정 하나에 세상이 봄이 되고
너의 말투 하나에 세상이 겨울이 되었던
그때가 가끔은 그립기도 해.

나이가 든다는 것이 참 쩨쩨해지는 이유다.
나이가 든다는 것이 참 시시해지는 이유다.

그때의 봄은,
그때의 겨울은,
생각보다 꽤 살 만했는데도
그 시절로 돌아갈 엄두가 나지 않는다.

왜 나만 아파야 하나요?
상처는 양날의
칼과 같다

아직도 용서가 되지 않는 이가 있나요?

_____

_____

_____

_____

_____

한 친구의 배신은 생각보다 많은 것을 빼앗아갔다. 우선 말수가 부쩍 줄었다. 줄어든 말수만큼 만나는 사람의 수도 줄었다. 가슴에 차가운 얼음 조각이 박힌 기분으로 살았다. 상처의 트라우마에서 벗어날 수 있었던 것은 종교를 갖고 나서부터다.

'어떻게 살 것인가'에 대한 고민은, 나이가 들수록 '무엇을 믿을 것이냐'는 질문으로 바뀌게 되었다. 가슴에 박힌 얼음 조각 하나 때문에 절절매는 날이 길어지자, 낯선 땅이 그리워졌다. 여행은 생각보다 좋은 도피처였고, 떠난다는 것은 많은 것으로부터의 해방을 의미했다. 떠나지 않을 이유는 없었고, 배낭을 꾸려 평소에 꿈꾸던 로마로 향했다.

생각보다 쉽지 않은 여정이었다. 마음도, 체력도 기진맥진해질 때 즈음, 바티칸에 도착했다. 사실 그 이후로는 잘 기억이 나질 않는다. 아니, 정확하게는 딱히 특별한 것은 없었다. 단지 변화가 생겼다면 바티칸에 다녀온 이후로 세례를 받았다는 것이다. 무엇인가에 이끌린 듯 성당을 찾아 6개월간의 교육을 받고 세례를 받았다.

세례를 받기 전 6개월의 시간은 나 자신을 제대로 내려놓고 돌아볼 수 있는 시간을 만들어 주었다. 세례를 받는 날, 참 많이도 울었다. 그리고 깨닫게 됐다. 그 상처의 의미를, 그리고 그 상처가 분명 나에게만 향한 것은 아니라는 사실을.

혹자는 말한다. 누군가에게 상처를 주면, 그 상처가 언젠가는 되돌아온다고. 서른이 넘어 새로운 종교를 공부하며 알게 된 것은, 혼자만 아픈 상처는 없다는 것이다. 우리는 언제나 왜 나에게만 이런 고통이 찾아올까 하는 생각에 더 고통스러운 시간을 보낸다. 하지만 그 것은 틀렸다. 상처는 양날을 가지고 있어서, 찌르는 사람이나 찔린 사람 모두에게 상처를 남긴다.

분명한 것은 상처의 이유를 온전히 이해하고, 어떻게 달라질 것인지를 선택하는 것에 따라 그 상처에서 해방될 수 있다는 것이다. 우리는 오늘도 끊임없이 상처받고, 상처를 준다. 그럼에도 우리가 살아갈 수 있는 것은, 상처와 고통 속에서 우리의 인생도 특별함이라는 이름을 얻기 때문이다.

❝인생은 참 아이러니하다.
때로 상처는 스승이 되어 주고,
가끔 고통은 갈 길을 알려 준다.❞

세 번째, 답변
● ● ●

그렇게
너를 잊을 수 있었다

눈물 속에서 너를 봤다.
언제나 눈물 속에는 나만 있었는데
그날은 네가 있었다.

눈물이 가시자
너를 놓을 수 있었다.

눈물 자국이 옅어지자
너를 잊을 수 있었다.

네 번째 물음
○○○○

가장 두려워하는 것은?
사랑하는 이와
작별 없이 헤어지는 것

인생의 마지막 날, 사랑하는 이에게 하고 싶은 말은?

_____

_____

_____

_____

밤보다는 낮이 좋고, 비가 오는 것을 좋아하지만 비가
오는 저녁은 슬펐다. 특히 해가 스멀스멀 지는 시간에
내리는 비는 왠지 모르게 쓸쓸했다. 그런 날이면 곁에
있는 이의 손을 잡았다. 그리고 눈을 꼭 감아 버렸다.
빨리 그 시간이 지나가길 바라면서.

나이가 들수록 겁이 많아졌다. 사실, 어릴 때부터 겁이
많은 성격이었다. 눈물이 많은 만큼 겁도 많았고, 정이
많은 만큼 외로움도 많았다. 안 좋은 성격들로 꽉 찬
나는 이별이 가장 싫었고 두려웠다. 막 아프기 시작했
을 때에도 가장 무서웠던 것이 바로 이별이었다.
삼십 대 후반이 되자, 주변 사람들에게 조금은 너그러
운 사람이 되었다. 너그럽다는 의미는 화가 나도, 화를
내도 그 상황을 오래 끌지 않으려 노력했다는 것이다.
특히 어떤 헤어짐이든, 헤어짐 앞에서는 밝은 표정으
로 헤어지려 노력했다. 어느 순간 그런 생각이 들었다.
'지금 이 시간이 이 사람과의 마지막일 수도 있어.'
그런 생각이 들자 헤어짐이 짧든지 길든지, 다시 볼 수
있는 사이든지 아니든지, 헤어짐 앞에서는 화를 내고
싶지 않았다.

세상에서 가장 두려운 것은 사랑하는 사람들과 갑자기 헤어지는 것이다. 참 이상한 건, 그런 두려운 마음으로 시작된 밝은 작별의 순간들이 모이자 상대방도 바뀌기 시작했다는 것이다.

아무리 싸우고 얼굴을 붉혀도, 헤어질 때가 되면 서로를 용서하고 안아 주게 되었다. 두려움은 생각보다 많은 지혜의 선물을 주었다. 우리는 언젠가 이별하게 되어 있다. 그 이별 앞에서 담담해질 수 있는 순간은 없겠지만, 그 이별 앞에서 후회가 없게 만들 수는 있다. 지금 두려워하는 것들이 있다면, 그 두려움을 무기로 당신 역시 지혜의 선물을 받게 되리라 믿고 싶다.

“언제나
부족한 나를 사랑해 줘서
고마워!”

네 번째, 답변
●●●●

아무리 해도 부족한 말
사랑해

분명 우린 내일 헤어질 테지.
분명한 건 오늘 내가 당신을 사랑한다는 것.

그리고 지금 해야 하는 것은
가능하면 많은 시간을
말해 줘야 한다는 것.
"사랑해"라고.

스트레스를 받을 때 어떻게 해요?
단순하게 생각하고
그 생각과 멀어진다

오늘 나의 가장 큰 걱정은?

_____

_____

_____

_____

_____

아픈 것이 꼭 나쁜 것만은 아니었다. 걱정과 고민의 대부분이 건강에 쏠리자, 나머지 것들은 별 볼 일 없게 느껴졌다. '죽음'이라는 큰 태풍 앞에서 수많은 '걱정'들은 잔바람이 되어 지나갔다. 그렇게 1년을 넘게 살다 보니, 단순하게 사는 방법을 알게 됐다.

단순하게 사는 가장 좋은 방법은 매일 죽음을 떠올리는 것이다. 우리가 죽는다는 것은 정확한 사실이다. 죽음 앞에서는 모든 사람이 공평하다. 오늘이라는 시간 안에 '죽음'이라는 단어를 들여놓자, 생각보다 많은 것들이 바뀌기 시작했다.

가장 큰 변화는 오늘을 바라보는 시각이었다. 나에게 주어진 오늘이 큰 특권임을 깨닫게 되자 그 시간 안에서 두려워할 것도 없었고, 원망할 것도 많지 않았다. 오로지 나와 내가 사랑하는 사람들에게 인생의 초점이 맞춰졌다. 시간은 늘 부족한 것이었고, 그 시간 안에서 무엇을 해야 하는지가 명확해졌다.

결승점이 얼마 남지 않은 러너처럼 온 힘을 다해 남은 시간을 보내게 되자, 걱정은 잠잠해졌다. 그리고 지난날, 예민할 정도로 스트레스를 받았던 시간들이 후회스럽게 느껴졌다.

생각을 거듭하며 그 걱정 안에 주저앉아 힘겨워할 것이 아니라, 걱정의 울타리에서 벗어나면 되는 것이다. 우리는 언젠가 반드시 죽는다는 사실을 알면서도 오늘을 살고 있다. 밥을 먹고, 사랑하고, 누군가를 미워도 하고, 공부도 하고, 일도 하면서 그렇게 열심히 살고 있다. 분명 우린 내일 죽을 텐데도 말이다. 그 무서운 사실을 알면서도 이렇게 멋지게 살고 있는데, 어떤 사람들 때문에, 어떤 일 때문에 오늘을 낭비할 필요가 있을까.

인생을 단순하게 여길 수만 있다면, 삶은 생각보다 많은 것을 보여준다.

❝오늘 안에서만
살자고 다짐했다.❞

정말 살고
싶었다

죽음이 가깝게 느껴지자
선명하게 보이는 것들이 있었다.

정말 살고 싶었다.

오늘 안에서 아프게 살더라도
정말 살고 싶었다.

나이가 든다는 게 싫어요
나이가 들어야 비로소
보이는 것들이 있다

어떤 어른이 되고 싶나요? _____

_____

_____

_____

_____

삼십 대가 되자 시간이 빨라졌다. 처음에는 두려웠다. 시간이 빨리 가고 나이를 먹는다는 게 무섭고 겁이 났다. 하지만 점점 나이가 든다는 것이 마음에 들었다. 이상하게 들리겠지만 나는 종종 빨리 늙고 싶다는 생각을 한다.

누군가가 이런 질문을 했다.

"과거로 시간을 되돌릴 수 있다면, 무얼 하시겠어요?"

불가능한 일임을 알지만, 참 매력적인 제안이다. 하지만 누군가가 나에게 이런 제안을 한다면 나는 거절할 것 같다. 나는 사실 지금의 나이가 참 좋다. 아주 적지도, 아주 많지도 않고, 무언가를 아주 욕심내지도, 완벽하게 내려놓지도 않는 지금의 내가 참 좋다.

그리고 언젠가부터 빨리 나이가 들어 노인이 되고 싶다는 생각을 하게 됐다. 비유가 맞을지는 모르겠으나, 재미있게 읽고 있는 소설의 결말을 먼저 펼쳐 보고 싶은 심정과 비슷한 것 같기도 하다.

분명 지금도 불안하고, 불만스러우며 불완전 그 자체의 삶을 살고 있다. 하지만 달라진 게 있다면, 불안하고 불만스러우며 불완전한 삶을 인정하고 받아들이게 되는 속도가 시간의 속도만큼이나 빨라졌다는 것이다.

오늘의 나는
분명 내일의 나보다 젊으니까

우리에게 가장 젊은 날은, 오늘.

오늘은 분명 내일의 나보다 젊을 테니.

언젠가부터 먼 미래보다는

오늘에 집중하며 살게 됐다.

시간이 한참 흐른 후,

지금의 생각이 틀렸다는 것을 알게 될지라도

나는 오늘의 내가 좋다.

오늘은 내가 앞으로 살아갈 그 어떤 날보다도

젊고, 아름다우며, 꿈을 꿀 수 있을 테니까.

일곱 번째 물음
○○○○○○○

지금도 꿈꿀 수 있을까요?
꿈 앞에서
늦음은 없다

당신의 꿈은 무엇인가요?

_____

_____

_____

_____

_____

SNS를 시작한 후로 사랑과 이별의 질문만큼이나 많이 받게 된 질문은 '꿈'에 관한 것이었다.

"작가님은 꿈이 뭐였어요?", "아직 꿈을 발견하지 못했는데 어떡하죠?", "제가 꾸는 꿈을 이룰 수 있을까요?", "지금 꿈을 꾸기에 늦은 건 아닌가요?"

그 숱한 질문 사이로 확실하게 말할 수 있는 건, 나 역시 그 답을 알지는 못한다는 것이다. 그럼에도 불구하고 이 책의 마지막 질문으로 꿈을 선택한 것은, 지금의 나 역시 꿈을 찾아가고 있다는 말을 덧붙이고 싶기 때문이다.

수술을 마치고 퇴원한 후, 가장 먼저 한 일은 피아노를 배우는 일이었다. 왠지 피아노 선율이 전하는 잔잔한 위로에 끌렸다. 초등학생 때 엄마 손에 이끌려 억지로 배웠던 피아노를, 나이가 들어 아이들 틈에서 다시 배우게 되다니.

꼬마 친구들은 나이 많은 이의 학원 방문이 낯설었는지, 내가 있는 연습실의 문을 빼꼼히 열어 보는 일이 많았다. 어느 날, 한 녀석이 물었다.

"피아노를 왜 배우세요? 어른이? 나는 정말 싫은데…

어른이 되면 더 재밌는 일도 많잖아요!"

그 녀석의 모습이 어린 시절 내 모습 같아 여러 생각이
들었다. 한 달이 지나자, 그 녀석이 미안했는지 초코
우유 하나를 연습실 안에 밀어 놓고는 말했다.

"지난번엔 죄송했어요. 저는 어른이 되면 아이돌이 될
거예요. 엄마가 그러는데, 아이돌이 되려면 악기를 하
나 잘 다루면 좋대요. 그래서 열심히 치려고요. 근데…
선생님은 꿈이 뭐예요?"

"선생님?"

"그럼 뭐라고 불러요? 엄마가 그랬어요. 꿈을 꾸는 것
에는 나이가 없다고! 그러니까, 선생님도 꿈을 실컷 꾸
세요."

그 녀석의 당돌함에 한참을 웃으며, 나이가 들어 꿈을
꾼다는 것에 대해 생각했다. 어쩌면 꿈이라는 것은 인
생의 고비마다 만나게 되는 결승점이 아닐까 싶다.

꿈을 찾았다는 건 멀게만 느껴졌던 결승점이 조금은
명확하게 보인다는 것이고, 꿈을 찾지 못했다는 건 그
결승점이 아직 희미하게 보인다는 것이기도 하다.

젊은 사람에게만 꿈이 존재하는 건 아니다. 저마다 삶의 결승선은 모두 다를 테니까. 결승선이 꼭 하나일 필요는 없는 거니까.

우리의 삶이란, 어쩌면 매 순간마다 꿈을 찾아 떠나는 여정과도 같은 것이 아닐까 한다. 꿈을 꾸는 것에 어떠한 자격이 존재할 리가 없다. 그것에는 나이도, 건강도, 지위도 존재하지 않는다. 꿈 앞에서는 우린 모두 평등해야 한다.

나를 행복하게 만들 꿈을 꾸자

다른 사람의 시선에 갇혀 꿈을 꾸지 않기를.

오직 나만의 시선에서 행복을 줄 수 있는 꿈을 꾸기를.

인생은 절대 다른 사람이 살아 주는 것이 아니다.

행복도, 불행도,

꿈을 꿀 수 있는 자격도,

꿈을 꾸지 않을 자격도

나에게 달렸다.

꿈을 포기하지 말자.

모든 꿈이 이루어지는 것은 아니지만

또 다른 꿈을 꾸기에 늦음은 없기에

나를 행복하게 만들 꿈을 꾸자.

"당신의 오늘은 좀 어땠나요?"

요즘 들어 자주 묻게 되는 안부입니다. 답변들은 대부분 다시 물음표를 달고 돌아오죠. 놓지 못한 사람이 궁금하고, 잊지 못한 마음이 또 궁금합니다. 오지 않을 내일이 두려워 질문을 남기고, 지나간 어제가 후회돼 질문을 던집니다. 나를 믿을 수 없는 마음은 걱정에 물음을 던지고, 누군가의 친구가 되지 못한 아쉬움은 다시 물음표를 달고 돌아왔습니다.

그 숱한 질문에 자신 있게 답할 수는 없었습니다. 단지 말할 수 있었던 것은 '오늘'을 살아 줬으면 하는 바람이었습니다. 저 자신의 지난날을 돌이켜 보면 언제나 오지 않을 내일 속에 사느라, 지나간 어제 속에 사느라